史铁生 著

无病集

史铁生 散文新编

人民文学出版社

图书在版编目（CIP）数据

无病集/史铁生著. —北京：人民文学出版社，2019
（史铁生散文新编）
ISBN 978-7-02-015083-0

Ⅰ.①无… Ⅱ.①史… Ⅲ.①散文集—中国—当代 Ⅳ.①I267

中国版本图书馆CIP数据核字（2019）第040763号

责任编辑　杜　丽
装帧设计　刘　静
责任校对　刘佳佳　罗翠华
责任印制　徐　冉

出版发行　人民文学出版社
社　　址　北京市朝内大街166号
邮政编码　100705
网　　址　http://www.rw-cn.com

印　　刷　三河市延风印装有限公司
经　　销　全国新华书店等

字　　数　76千字
开　　本　787毫米×1092毫米　1/32
印　　张　5.5　插页1
印　　数　1—10000
版　　次　2019年6月北京第1版
印　　次　2019年6月第1次印刷

书　　号　978-7-02-015083-0
定　　价　45.00元

如有印装质量问题，请与本社图书销售中心调换。电话：010-65233595

目 录

1 几回回梦里回延安
    ——《我的遥远的清平湾》代后记

9 杂感三则
    ——权充《奶奶的星星》的创作谈

13 随想与反省
    ——《礼拜日》代后记

28 谢幕

31 交流·理解·信任·贴近

34 笔墨良心

37 复杂的必要

40 熟练与陌生

44 宿命的写作

48 文学的位置或语言的胜利

56 无病之病

62 写作与越界

69 原生态

77 想电影

80 答自己问

116 自言自语

153 比如摇滚与写作

173 编后记

几回回梦里回延安

——《我的遥远的清平湾》代后记

从小我就熟读了贺敬之的一句诗:"几回回梦里回延安,双手搂定宝塔山。"谁想到,我现在要想回延安,真是只有靠做梦了。不过,我没有在梦中搂定过宝塔山,"清平湾"属延安地区,但离延安城还有一百多里地。我总是梦见那开阔的天空,黄褐色的高原,血红色的落日里飘着悠长的吆牛声。有一个梦,我做了好几次:和我一起拦牛的老汉变成了一头牛……我知道,假如我的腿没有瘫痪,我也不会永远留在"清平湾";假如我的腿现在好了,我也不会永远回到"清平湾"去。我不知道怎样才能把这个矛盾解释得圆满。说是写作者惯有的虚伪吧?但我想念那儿,是真的。而且我发现,很多曾经插过队的人,也都是真心地想念他们的"清平湾"。

有位读者问我，为什么我十年之后才想起写那段生活？而且至今记得那么清楚，是不是当时就记录下了许多素材，预备日后写小说？不是。其实，我当时去过一次北京动物园，想跟饲养野牛的人说说，能不能想个办法来改良我们村里耕牛的品种。我的胆量到此为止，我那时没想过要当作者。我们那时的插队，和后来的插队还不一样；后来的插队都更像是去体验生活，而我们那时真是感到要在农村安排一生的日子了——起码开始的两年是这样。现在想来，这倒使后来的写作得益匪浅。我相信，体验生活和生活体验是两回事。抱着写一篇什么的目的去搜集材料，和于生活中有了许多感想而要写点什么，两者的效果常常相距很远。从心中流出来的东西可能更好些。

因病回京后，我才第一次做了写小说的梦。插过队的人想写作，大概最先都是想写插队，我也没有等到十年后。我试了好几次，想写一个插队的故事。那时对写小说的理解就是这样：写一个悬念迭起、感人泪下的故事。我编排了很久，设计了正面人物、反面人物，安排了诸葛亮式的人物、张飞式的人物。结果均归失败。插过队的人看了，怀疑我是否插过队；没插过队的人看了，只是从我应该有点事做这一方面来鼓励我，却丝毫不被我的"作品"所感动。费了九牛二虎之力，得此效果，感觉跟上吊差不多。幸亏我会找辙，我认为我虽有插队生活，但不走运——我的插队生活偏偏不是那种适合于写作的插队生活。世界上的生活似乎分两种，一种是只能够过一过的生活，另一种才能写。写成小说的希望一时渺茫。可是，那些艰苦而欢乐的插队生活却总是萦绕在我心中，和没有插过队的朋友说一说，觉得骄傲、兴奋；和插过队的朋友一起回忆回忆，感到亲切、快慰。我发现，倒是每每说起那些散碎的往事，所有人都听得入神、感动；说的人不愿意闭嘴，听的人不愿意离去。说到最后，大家都默然，分明都在沉思，虽然并不见得能得出多么高明的结论。每当这时，我就觉得眼前有一幅雄浑的画面在动，心中有一支哀壮的旋律在流。再看自己那些曲折奇异的编排，都近于嚼舌了。这种情况重复了也许有上百次，就过了十年。我才想到，十年磨灭不了的记忆，如果写下来，读者或许也不会很快淡忘。十年磨灭不了的记忆，我想其中总会有些值得和读者一块来品味、来深思的东西。于是我开始写，随想随写，仿佛又见到了黄土高原，又见到了"清平湾"的乡亲，见到了我的老黑牛和红犍牛……只是不知道最终写出来能不能算小说。当然，我也不是完全盲目。通过琢磨一些名家的作品（譬如：海明威的、汪曾祺的），慢慢相信，多数人的历史都是由散碎、平淡的生活组成，硬要编派成个万转千回、玲珑剔透的故事，只会与多数人疏远；解解闷儿可以，谁又会由之联想到自己平淡无奇的经历呢？谁又会总乐得为他人的巧事而劳神呢？艺术的美感在于联想，如能使读者联想起自己的生活，并以此去补充作品，倒使作者占了便宜。这些说道一点不新，只是我用了好些年才悟到。

我没有反对写故事的意思，因为生活中也有曲折奇异的故事。正像没有理由反对其他各种流派一样，因为生活中有各种各样的事和各种各样的逻辑。艺术观点之多，是与生活现象之多成正比的。否则倒不符合历史唯物主义了。我只敢反对一种观点，即把生活分为"适于写的"和"不适于写的"

两种的观点。我的这个胆量实在也是逼出来的。因为我的残腿取消了我到各处去体验生活的权利，所以我宁愿相信，对于写作来说，生活是平等的。只是我写作的面无疑要很窄，作品的数量肯定会不多，但如果我不能把所写的写得深刻些，那只能怪罪我的能力，不能怪罪生活的偏心。所有的生活都有深刻的含意。我给自己的写作留下这一条生路，能力的大小又已注定，非我后悔所能改善的，只剩了努力是我的事。

有位读者问我，一旦我的生活枯竭了怎么办？或者以前积累的素材写完了怎么办？我这样想：我过去生活着，我能积累起素材，我现在也生活着，我为什么不能再积累起素材呢？生活着，生活何以会枯竭呢？死了，生活才会枯竭，可那时又不必再写什么了。虽然如此，我却也时时担心。文思枯竭了的作者并非没有过，上帝又不单单偏爱谁。但我倾向于认为，文思枯竭的人往往不是因其生活面窄，而是因为思想跟不上时代，因为抱着些陈规陋习、懒散和遇见到新事而看不惯。我就经常以此自警。不断地学习是最重要的。否则，即便有广阔的生活面也未必能使自己的思想不落伍。勤于学习和思考，却能使人觉到身边就有永远写不完的东西。我当然希望自己也有广阔一点的生活面。视野的开阔无疑于写作更有利，能起到类似"兼听则明"的作用。我知道我的局限。我想用尽量地多接触人来弥补。我寄希望于努力。不知我借以建立信心的基础有什么错误没有。退一步说，不幸真活到思想痴呆的一天，也还可以去干别的，天无绝人之路，何况并非只有写小说才算得最好。

还有的读者在来信中谈到"清平湾"的音乐性。我不敢就这个话题多说。假如"清平湾"真有点音乐性，也纯粹是蒙的。我的音乐修养极差，差到对着简谱也唱不出个调儿来。但如果歌词写得好，我唱不出来，就念，念着念着也能感动。但那歌词绝不能是"朋友们，让我们热爱生活吧"一类，得是"哥哥你走西口，小妹妹也难留，手拉着哥哥的手，送哥到大门口"一类。前一种歌，我听了反而常常沮丧，心想：热爱生活真是困难到这一步田地了么？不时常号召一下就再不能使人热爱生活了么？不。所以我不爱听。而听后一种歌，我总是来不及做什么逻辑推理，就立刻被那深厚的感情所打动，觉得人间真是美好，苦难归苦难，深情既在，人类就有力量在这个星球上耕耘。所以，我在写"清平湾"的时候，耳边总是飘着那些质朴、真情的陕北民歌，笔下每有与这种旋律不和谐的句子出现，立刻身上就别扭，非删去不能再往下写。我真是喜欢陕北民歌。她不指望教导你一顿，她只是诉说；她从不站在你头顶上，她总是和你面对面、手拉手。她只希望唤起你对感情的珍重，对家乡的依恋。刚去陕北插队的时候，我实在不知道应该接受些什么再教育，离开那儿的时候我明白了，乡亲们就是以那些平凡的语言、劳动、身世，教会了我如何跟命运抗争。现在，一提起中国二字（或祖国二字），我绝想不起北京饭店，而是马上想起黄土高原。在这宇宙中有一颗星球，这星球上有一片黄色的土地，这土地上有一支人群：老汉、婆姨、后生、女子，拉着手，走，犁尖就像唱针在高原上滑动，响着质朴真情的歌。

我不觉得一说苦难就是悲观。胆小的人走夜路，一般都喜欢唱高调。我也不觉得编派几件走运的故事就是乐观。生活中没有那么多走运的事，企望以走运来维持乐观，终归会靠不住。不如用背运来锤炼自己的信心。我总记得一个冬天的夜晚，下着雪，几个外乡来的吹手坐在窑前的篝火旁，窑门上贴着双喜字，他们穿着开花的棉袄，随意地吹响着唢呐，也凄婉，也欢乐，祝福着窑里的一对新人，似乎是在告诉那对新人，世上有苦也有乐，有苦也要往前走，有乐就尽情地乐……雪花飞舞，火光跳跃，自打人类保留了火种，寒冷就不再可怕。我总记得，那是生命的礼赞，那是生活。

我自己遗憾怎么也不能把"清平湾"写得恰如其分。换个人写，肯定能写得好。我的能力不行。我努力。

1983 年 7 月

杂感三则

——权充《奶奶的星星》的创作谈

一

自己费了力气写成一篇小说,自己再费了力气对这篇小说说三道四,做一番说明或者解释,这事未必幽默。因为无论如何自己都不占着机智,要么等于承认自己那篇东西原本没有写完,要么就做了画蛇添足的笨事。还可能为自己招来两种误会:"真狂妄"和"假谦虚"。

按说作品发表后,作者只该用着耳朵。

至于作者为什么要写这么一篇小说,那么读者认为它该写吗?如果该写,这就是原因;如果不该写,作者再说什么也都无味。否则怎么办呢?小说艺术本来要求着含蓄,别人可以见仁见智地去理解,自己一说便把费力得来的一点东西全葬送。这话已经有点真狂妄了。其实《奶奶的星星》正犯着不够含蓄的毛病,尤其结尾处那几行"颇富诗意"的废话。现在又有点假谦虚。

二

很久以前就听说过硬气功,一人躺在密密麻麻的钉尖上,肚皮上压一巨石,以大锤击石,石碎而人一毛不损。听后不信,谓之曰:"扯淡,不符合科学!"而后心安。且与我立场相同者甚众。不料后来真见了这样的事,与传说一丝不差,再不信就不行,于是开始思索其中的科学道理。

近年来又听说人的特异功能,其情状更是不可思议,听后心里仍然疑惑,却不敢再说"扯淡,不符合科学"了,只是盼望能亲眼一见。倘是真事就必然会符合科学,因为科学本来是以真事为根据。若有不符合现有科学的真事出现,也只能证明现有的科学还不够科学,需要改进和完善。倘是一件假事，则又不是因为不符合科学所以才假，而是相反的逻辑。所以，倒是"不符合科学"一语不符合科学精神。

又听说有人因为觉得某事不符合科学，竟连看也不想去看，便认为那事必是假的。这似乎离科学精神更远。

更有甚者，明明见了真事，因为不能符合自己掌握的那些科学，便硬说这真事不真，其中必有鬼道。这简直本身就是迷信了。

写小说时我就常常自警：若是因为碍着什么理论，先就不敢去思考真事，创作就必然要走向末路。

三

一位诗人跟我说：文学是跳高，不是拳击，其对手是神，而不是人。我把这句话写下来，压在玻璃板下，时时自省。这话的意思是，从文的人们没有理由互相争什么高低，面对自然造化的万物，我们每一个人都太弱小，太浅薄。文学不是为了用来打倒人（任何人），而是为了探索全人类面对的迷茫而艰难的路。

拳击以打倒一个人（一个更弱者）为目的，所以总能得一点沾沾自喜的胜利。跳高却是与神较量，这路便没有尽头。

1985年3月7日

随想与反省

——《礼拜日》代后记

都在说文学的根,说的却未必是一回事。好比如,小麦是怎么从野草变来的是一回事,人类何以要种粮食又是一回事。

不知前者,尚可再从野草做起。不知后者,所为一概荒诞。并非说前者不重要。

"根"和"寻根"又是绝不相同的两回事。一个仅仅是:我们从何处来以及为什么要来。另一个还为了:我们往何处去,并且怎么去。

"寻根意识"也至少有两种。一种是眼下活得卑微,便去找以往的骄傲。一种是看出了生活的荒诞，去为精神找一个可靠的根据，为地球上最灿烂的花朵找一片可以盛开的土地。

阿Q想找一头大于王胡所有的虱子。鲁迅的意思是把阿Q、王胡乃至小D都消灭，找出真正人的萌芽。

至于鲁迅倒比阿Q多着痛苦，乃至人倒比猴子活得艰辛等事，另当别论。

什么是文字的根呢？是文化？文化是什么呢？《辞海》上说，文化从广义上讲，是指人类社会历史实践过程中所创造的物质财富和精神财富的总和。真占得全！全都像是废话。好在《辞海》上对文化还有一种狭义的解释：指社会的意识形态。想必文学界谈论的是这后一种。又查了"意识形态"条，得这样的解释：亦称"观念形态"，指政治、法律、道德、哲学、艺术、宗教等社会意识的各种形式。

似可对文化作如下简明的理解：文化是人类面对生存困

境所建立的观念。

欲望无边，能力有限，是人类生来的困境。所以建立起诸多观念，以使灵魂有路可走，有家可归。

文学是文化的一部分。说文化是文学的根，犹言粮食是大米的根了。譬如树，枝与干，有同根。文学与哲学、宗教等等之不同，是枝与枝的不同。文学的根，也当是人类与生俱来的困境。

面对困境，文学比其他所有学科都更敏感。文学不仅用着思考，更用着观察，不仅看重可行的实际，还看重似乎不可能的愿望。因此，它不同于哲学的明晰（所以它朦胧）；不同于科学的严谨（所以它耽于梦想）；不同于法律的现实（所以感情不承认法律，法律也不承认感情）；不同于宗教的满足（所以叛逆常是其特色）；不同于政治和经济的立竿见影（所以它的社会效益潜移默化）。据此，它便也不同于教育和宣传。

要求一切都实际且明晰,岂止是在扼杀文学,那是在消灭理想和进步。

波德莱尔说:"诗不是为了'真理',而只是它自己。"

我想这话有四个意思:一,人所面对的困境,永远比人能总结出的真理要多。二,文学把侦察困境的艰险留给自己,把总结真理的光荣让给别人。三,一俟真理呈现,探索早又向着新的困境了;只有在模糊不清的忧郁和不幸之中,艺术才显示其不屈的美。四,绝不是说,诗不通向真理。

已有的文化亦可为人类造出困境,当然也可成为文学的根。同样,已有的文学亦可为人类造出困境,文学又成文学的根。究其为根的资格,在于困境,而不在其他;唯其造出困境,这才长出文学。

歌德说:"凡是值得思考的事情,没有不是被人思考过的;我们必须做的只是试图重新加以思考而已。"我想此话有三个意思：一，人类的困境像人类一样古老，并将随人类一同长久。二，若不面对这困境重新思考，便不会懂得古人思考的到底是什么。三，古人的思考遗留下的谜团，要求今人继续思考；困境是古老的，思考应该有崭新的。

过去的文化是过去的人类对困境所建立的观念。今人面对困境所建立的观念呢？当然也是文化。所以文化不等于涉古，涉古者也不都有文化。阿城说有两种文盲，一种文字盲，一种文化盲。这样分清真好。但能识得字的就会抄书，未必不是文化盲。

因而想到，所谓知识分子，怕也该分作两种。《辞海》上说，知识分子是"有一定文化科学知识的脑力劳动者"，又说，知识分子"在革命运动中往往起着先锋和桥梁作用"。前后二语，实在是两个不宜混淆的概念。

博士和教授不愿冲锋却乐得拆桥者，永不乏人。从而又想到学历、文凭、职称与文化素养的不同。想到临摹与创作的不同。想到无数画虾者与齐白石的不同。

冲锋必是向着人类的困境,架桥便是做着建立新观念的工作。舍此而涉古,莫如去做古玩商,单知道旧货的行情即可。无论架桥还是盖房,当然离不开基础。真先锋从来不是历史虚无主义,不轻看学问也不会无视传统,与古玩商的区别在于:一个是创造,一个是典当。假如没有创造,就只剩下典当一条活路。每见洋人把玩中国当代文学,露出考古家的兴致,深感并非国人的骄傲。

某乡村,有一懒汉,爹娘死后,遂成穷鬼。初春,县上下来了命令:村村办起养猪场!队长忙不迭从集市上抱回两头猪娃。众乡亲怜这懒汉谋生无计,便推他做了饲养员。秋后,懒汉把猪娃养成毫不见长大的两具尸首。分红时,懒汉破天荒得到一千工分的钱粮。众乡亲先是祝贺,转而又想:是他养了一年猪呢,抑或猪养了一年他?

老子,几千年后被外国人看出了伟大。同一个老子,几千年来中国人从他那儿学的是诡诈。后来中国人发现外国人发现了老子的伟大,便把老子的书抄在自己的作品上,不料这作品却不伟大。自己久不伟大,便起了疑心,也说中国人崇洋媚外。倘有洋人也不说他伟大,便说也有不伟大的洋人。倘有不伟大的洋人说他伟大,便把这洋人的名姓一串串常说在嘴上,受用终生去了。

说某些"文学作品"没有文化,大概是指此类文字对人类的困境压根儿没有觉察,更不敢用自己的脑袋作出新鲜的思索,绝不是说它没有洋征古引。

文学不是托盘,托着一只文化出来,撕扯在众人的小碟子里,自己又回去。

历史感不是历史本身。历史是过去的事。历史感必是过去与现在与未来的连接,这连接不是以时间为序的排列,而是意味着新生命的诞生。

遗精生不了孩子。避孕也生不了孩子。近亲通婚会养怪物。但要创造。

当斗牛场四周坐满了嚼着口香糖的看客之时,场子里正在发生的已经不是较量,而是谋杀。拳击还是平等的蠢行,西班牙式的斗牛却是合伙在残害一个。我不明白西班牙人在欣赏什么,是斗牛士的卑鄙与虚荣?还是那牛的愚蛮与不屈?

对牛来说,不屈的鲜血光芒四射!

对人来说,这仿古的游戏,却把远古的光荣化作了今日的悲哀。

刘易斯跑起来,让人享受了艺术的美。这美来自那谐调动作所展示的自信力量,来自对前人的超越,来自于他勾引得我们还要希望看进一步的超越。

世界纪录却标出了人的局限。现在是九秒九三、二米四二、八米九〇……将来便有九秒、三米、十米的成绩,局限还是局限,并且定有极限。这困境属于全人类。

当今世上便只有奥林匹克的圣火能把全人类召唤在一处，齐对着命运之神唱出自己的心愿。精神在超越肉体之时，上帝不得不永远赐我们以艺术。

我的朋友陈志伟说："超越不是前进，不是没边没沿的飞升。超越的对象是现实，现实是超越的基础，二者一刻也不能互相脱离。超越是对现实的把握，超越是更大、更深、更广的现实。"

我理解：所谓超越自我，并不意味着跑百米的跑出九秒九二，跳高的跳出二米四三。我理解：长寿和自杀都不能超越死亡，纯朴和出世都不能超越异化，苟安和金牌都不能超越困境。我理解：把陈志伟这段话中的现实二字换成自我，便是超越自我的含义。我理解：把握现实与自我，正说明我们不能指望没有困境，可我们能够不让困境扭曲我们的灵魂。于是有一种具有更博大的胸怀、更深刻的智慧、更广泛的爱心的人类，与天地万物合成一个美妙的运动，如同跳着永恒的舞蹈。

这样的舞蹈多么难跳。难到常让我们丧失信心。不过,他妈的我们既然活着!

从人的困境出发建立观念,观念是活的,一旦不合人的需要,改革起来也容易。从已有的观念出发构造人性,人性就慢慢死掉。死掉人性的人去改革,常常是再把活着的人性屠杀一回,立起一个更坚固的囚人的观念。

对特异功能一事不信、不听、不看,只因它不符合已有的一种主义。已有的这种主义也是一种文化,然而只从这种文化出发的人却变成文化盲。

也可能是这样的人没弄懂这种主义。也可能是这种主义又一次证明了那句名言:生命之树常绿,理论往往是灰色的。

我们平时不再"之乎者也"地说了,可小说上出现了"之乎者也"却不妨碍这可以是一篇好小说。同样,我们学一点外国的说话又怎么不行呢?事实上,现在的中国人就比过去多了幽默感，外国小说和电影里的翻译语言未必没起大作用。语言习惯的不同，不单是单词排列得有异，更多的可能是思维方式的差别。中国的思维方式太有必要杂交一下，不必把国语的贞操看得太重。

中国人踢足球、打篮球，除去身体素质、技术水平还低之外，很明显的一个问题是心理负担太重。说是"为祖国争光"一条口号压得教练员、运动员喘不过气，似乎还不十分有说服力。外国人也不想为祖国丢脸。

关键是对争光的理解不同。中国人认为进球、赢球即是争光，所以哆哆嗦嗦、稀里糊涂地把球弄进去也是荣耀。越是看重进球，投篮和射门时心理负担就越重，球反而不进。越是想赢，越是不敢轻易有所创造，昏昏然只记住以往进球的老路，弄不清眼前的困境与通途。而美国的篮球、巴西的足球，却满场显示着每一个生命的力量、自由与创造精神，他们以此为荣，更愿意在困境重重之中表现自己的本事，反而抓住了更多的进球机会。

一个是，借助球赛赞美着生命的辉煌。

一个是，球借助人，以便进门或进篮筐。

写小说亦如此，越想获奖越写成温吞水，越怕被批判越没了创造。没有创造干吗叫创作。叫创作就应与介绍、导游、展览、集锦等等分开。不面对困境，又何从创造呢？

中国人喜欢从古人那儿找根据，再从洋人的眼色里找判断，于是古也一窝蜂，洋也一窝蜂。

阿城并非学古，而是从古中找到了新。也有人总在篇首引一行古诗，问题是以下的全篇都不如这一行有意思。

莫言把旧而又旧的土匪故事写出了新意，精彩纷呈。也有人在新而又新的改革题材上重弹着滥调。

北岛对外国人说：我还没到获诺贝尔奖的水平。也有人说诺贝尔文学奖是资本主义意识形态，我们不稀罕。可是某位小提琴家在资本主义国家拉着还没有社会主义时代的曲子得了远不如诺贝尔奖的奖时，却被认为是为国争光。

马原的小说非古非洋，神奇而广阔。李劼说他是在五维世界中创作,我有同感。精神是第五维。

说这些作家在五维世界中找中国文学的新路,莫如说他们是在找人的新路。

与世界文学对话,当然不能是人家说什么,我们就跟着说什么。这样跟着便永远是在后边。

拿出我们自己独特的东西来!但不能拿癞头疮和虱子。你有航天飞机我有故宫,也不行。

那些站在世界最前列的作家,往往是在无人能与他们对话的时候,说出前无古人的话来。他们是在与命运之神对话。因此我们甚至不必去想和世界文学对话这件事,只想想我们跟命运之神有什么话要讲就是了。

这样也不见得能立刻把我们弄到世界文学的前列去,不过我们不关心这一点,我们关心的仅仅是新路。倘有一天中国文学进入世界前列,我们还是不关心这一点,因为新路无尽无休尚且让我们关心不过来。

在一次座谈会上我说，中国文学正在寻找着自己的宗教。话说得乱，引得别人误会了。现在容我引一段既洋且古的名人的话，来说明我的意思吧。

罗素说："现在，人们常常把那种深入探究人类命运问题、渴望减轻人类苦难，并且恳切希望将来会实现人类美好前景的人，说成具有宗教观点，尽管他也许并不接受传统的基督教。"

中国文学正做着这样的探究，越来越多了这样的渴望。

罗素说："一切确切的知识都属于科学。一切涉及超乎确切知识之外的教条都属于神学……介乎神学与科学之间的就是哲学。"

科学确切吗？站在爱因斯坦的时代看，牛顿并不够确切。而现今又已有人发现爱因斯坦的"光速不可超越"说也不够确切。哲学呢？先承认自己不在确切之列。这样看来，科学与哲学在任何具体的时候都不确切得像是神学了。差别在于这二者都不是教条。看来只有教条是坏宗教，不确切是宇宙的本质。所以罗素又说:"只要宗教存在于某种感觉的方式中,而不存在于一套信条中,那么科学就不能干预其事。"

宗教的生命力之强是一个事实。因为人类面对无穷的未知和对未来怀着美好希望与幻想,是永恒的事实。只要人不能尽知穷望,宗教就不会消灭。不如说宗教精神吧,以区别于死教条的坏的宗教。教条是坏东西。不图发展是教条。

什么是发展呢?让精神自由盛开吧。精神可以超越光速。也许,科学的再一次爱因斯坦式的飞跃,要从精神这儿找到生机。

1986年

谢　幕

《中篇1或短篇4》已经写完,对它我再没有什么话要说,否则,原该将标题改为"中篇1或短篇5"的。但《小说月报》编辑部的朋友们希望我写一篇创作谈,我只好从命。我想这大概就相当于演出后的谢幕。我就抄录两则平日的读书笔记于下,向读者聊表谢忱。

1. 陀斯妥耶夫斯基说:"我不能没有别人,不能成为没有别人的自我。我应在他人身上找到自我,在我身上发现别人。"

巴赫金说:"我能够表达意义,但只是非直接地,通过与人应答往来产生意义。"

我想:每个人都是生存在与别人的关系之中,世界由这关系构成，意义呢，借此关系显现。但是，有客观的关系，却没有客观的意义。反过来说也成，意义是主观的建造，关系是客观的自在。这样，写作就永远面临一种危险：那些隐藏起来的关系，随时准备摧毁我们建造起来的意义。

2. 普鲁斯特写道："无论现在，还是在某个遥远的时刻，无论勺子碰到盘子发出的声音，还是凹凸不平的石板，抑或是玛德莱娜小点心的味道，都把逝去的时光重现在我们眼前……一个活的生命的存在，依赖于它在现在与过去时光的共同点上，找到唯一的生存空间，并且在这里把握住事物的本质，也就是说，只有超越时间概念，一个活的生命才有可能出现。正是基于这个原因，当我下意识地辨认出玛德莱娜小点心的味道时，我对死亡的恐惧心理一下消失得无影无踪。因为，在这一刻里，我身上的活的生命具有了超越时间概念的特征，因此，未来的兴衰荣辱对我也就无足轻重了。"

为什么会是这样呢？第一，超越时间能给人的困境以什么弥补呢？第二，这怎么就能消除掉对死亡的恐惧？不不，这种幸福感或喜悦感并非是来自心中自由地重现往事，而是来自可以脱离现实劳役进入艺术的欣赏，并不是因为可以把往日的生活重复经历一回，而在于能够从中观赏被往日的匆忙所错过了的美感。于是生命的意义和价值虽不能以对错来判定，却可由美丽来确认了。如果再能从中留意到，无边无际的空间和无尽无休的时间中生生不息，原是有这样一条永无止境的审美路在，死亡的恐惧就可以消除吧。

以上两则读书笔记只是读书笔记而已，与《中篇1或短篇4》毫无关联。

1992年

交流·理解·信任·贴近

若有一个或几个知心的好友来聊天儿,便如节日一般,无心再弯腰弓背地去写什么小说。前者比后者有趣且有味得多。"花间一壶酒"的时候少,陋室之中几碗打卤面的时候多;各自捧了碗寻定位置,都把面条吸得震响,且吃且聊,谈着自己的快乐,诉着自己的悲哀,也说些不着边际的梦想,再很现实地续一碗面并叹一口气。其时窗外若再飘着冷雨,或刮着北风,便更其感到生活得不算孤独,仿佛处处有着依靠。斯是陋室,有心灵的交流、理解、信任、贴近,无仙自灵,得了大享受。

便想,写小说也无非是为了这个吧。大家同生于此世间,难免有快乐要与人同享,有哀伤要靠朋友分担,有心愿想求理解,有问题需一起探讨,还有无解的困境弄出的牢骚与叹息。倘有一位甘心的听众，虽不见得能替你解决什么，那牢骚与叹息也会因为有了反应，而不再沉重地压着一颗孤心。（所以西方的精神病科大夫的治病手段，主要是耐心倾听病者的诉说——此乃题外话，但似乎证明医人精神的方法大致相同：要不得教训和强制，要的是交流、理解、信任、贴近。而治病与小说的不同，在于前者是一方治，一方被治，后者是写者与读者同得上述好处。）

窗外的冷雨和北风有什么用呢？——那是世事艰辛的象征，与陋室中的信任、理解恰成对比，人们便更感到世间最可珍贵的是什么。教堂的穹顶何以建得那般恐吓威严？教堂的音乐何以那般凝重肃穆？大约是为了让人清醒，知道自身的渺小，知道生之严峻，于是人们才渴望携起手来，心心相印，互成依靠。孤身一人势必活得惶恐无措。

这至少也是小说的目的之一吧。为了让人思索自身的渺小，生活的严峻，历史的艰难。（没有哪一个人是彻底的坏蛋，也没有哪一个人是绝对的英雄——当然这不是用着法律的逻辑。因为辉煌的历史是群众创造，悲哀的历史也是一样，一切都决定于当时人类认识水平的局限。找出一两个罪人易，重要的是如何使罪人无从出现。）于是，人类本当团结，争名夺利成为可笑，自相残杀成为可耻，大家携手去寻生路。于是理解、信任成为美德，心灵的贴近生出崇高的美感。于是人与人之间需要真诚交流，小说才算有了用处。

只是这交流需要广泛，才在好友聊天后有了写小说的愿望。如有荣誉，就不全是作者的，因为必要靠着读者、编者的理解和劳动。如受冷落，作者当无怨言，缘在自己无能。

笔墨良心

常有编辑来约稿,说我们办了个什么刊物,我们开了个什么专栏,我们搞了个什么征文,我们想请你写篇小说,写篇散文,写个剧本,写个短评要不就写点随感……我说写不了。编辑说您真谦虚。我说我心里没有,真是写不出。编辑说哪能呢?这一下刺激了我的虚荣心或曰价值感,今生唯作文一技所长,充着作家的名说着"写不出",往后的面目和生计都难撑持。我于是改口说,至少我现在没想好,我不敢就答应您。编辑已不理会,认定我是谦虚不再跟我费口舌,埋头宣布要求了:最好多少字,最好在几日之内交稿,最好……那时我感觉自己就像是一个小掌柜,开着一爿货源不足的杂货铺或者项目太少的综合加工点,心中无比的歉疚和惶恐,结果常常我就糊里糊涂地答应了人家的订货,然后自作自受发愁着到底给人家写一篇什么？

发愁着走出家门。小掌柜发愁着走出家门，寻思说不定运气好能寻来一点俏货。

走在街上，沸沸扬扬到处都是叫卖声。摊煎饼的、烤羊肉串的、卖衣服的、修皮鞋的，兢兢业业地工作，心安理得地挣钱。心里羡慕——当然这必定是虚伪。

我认识一个开饭馆的小伙子，读书无能但是赚钱有方，他敢把二两炸酱面卖到一块六，然而此饭馆地处游人如潮地带，吃的人却也不少，吃的人都骂老板没了良心。小伙子见了我常问："大哥，这两天又写什么呢？"我支吾过去。小伙子掏烟，我也掏烟，小伙子看也不看就把我的烟推回去把他的烟递过来，他自信他的烟必定比我的好，他的自信从未遭受挫折。我自然要客气几句，恭喜他发财并自嘲着寒酸。不料小伙子也说我谦虚："您真谦虚，谁不知道作家有钱呀！"我说："时代不同了，我们这一行比不得你们这一行了。"小伙子问："写一篇文章多少钱？""一万字三百块吧。""哎哟喂，可真不多。""你呢？"小伙子沉默一会儿，眨巴着眼睛可能是在心里计算，一支烟罢坦然笑道："可您别忘了您卖的是笔墨，咱卖的是良心。"我听得发愣。小伙子拍拍我的肩膀："怎么着大哥，凭您这脑瓜儿您不应该不明白呀？人家管您叫作家。管咱叫什么？倒儿爷，奸商。您舍了钱买名声，我是舍了名声买钱。"

1994年

复杂的必要

母亲去世十年后的那个清明节,我和父亲和妹妹去寻过她的坟。

母亲去得突然,且在中年。那时我坐在轮椅上正惶然不知要向哪儿去,妹妹还在读小学。父亲独自送母亲下了葬。巨大的灾难让我们在十年中都不敢提起她,甚至把墙上她的照片也收起来,总看着她和总让她看着我们,都受不了。才知道越大的悲痛越是无言:没有一句关于她的话是恰当的,没有一个关于她的字不是恐怖的。

十年过去,悲痛才似轻了些,我们同时说起了要去看看母亲的坟。三个人也便同时明白,十年里我们不提起她,但各自都在一天一天地想着她。

坟却没有了,或者从来就没有过。母亲辞世的那个年代,城市的普通百姓不可能有一座坟,只是火化了然后深葬,不留痕迹。父亲满山跑着找,终于找到了他当年牢记下的一个标志,说:离那标志向东三十步左右就是母亲的骨灰深埋的地方。但是向东不足二十步已见几间新房,房前堆了石料,是一家制作墓碑的小工厂了,几个工匠埋头叮当地雕凿着碑石。父亲憋红了脸,喘气声一下比一下粗重。妹妹推着我走近前去,把那儿看了很久。又是无言。离开时我对他们俩说:也好,只当那儿是母亲的纪念堂吧。

虽是这么说,心里却空落得以至于疼。

我当然反对大造阴宅。但是,简单到深埋且不留一丝痕迹,真也太残酷。一个你所深爱的人,一个饱经艰难的人,一个无比丰富的心魂……就这么轻易地删简为零了?这感觉让人沮丧至极,仿佛是说,生命的每一步原都是可以这样删除的。

纪念的习俗或方式可以多样,但总是要有。而且不能简单,务要复杂些才好。复杂不是繁冗和耗费,心魂所要的隆重,并非物质的铺张可以奏效。可以火葬,可以水葬,可以天葬，可以树碑，也可为死者种一棵树，甚或只为他珍藏一片树叶或供奉一根枯草……任何方式都好，唯不可一味地简单。任何方式都表明了复杂的必要。因为，那是心魂对心魂的珍重所要求的仪式，心魂不能容忍对心魂的简化。

从而想到文学。文学，正是遵奉了这种复杂原则。理论要走向简单，文学却要去接近复杂。若要简单，任何人生都是可以删减到只剩下吃喝拉撒睡的，任何小说也都可以删减到只剩下几行梗概，任何历史都可以删减到只留几个符号式的伟人，任何壮举和怯逃都可以删减成一份光荣加一份耻辱……但是这不行，你不可能满足于像孩子那样只盼结局，你要看过程，从复杂的过程看生命艰巨的处境，以享隆重与壮美。其实人间的事，更多的都是可以删减但不容删减的。不信去想吧。比如足球，若单为决个胜负，原是可以一上来就踢点球的，满场奔跑倒为了什么呢？

1995年2月10日

熟练与陌生

艺术要反对的，虚伪之后，是熟练。有熟练的技术，哪有熟练的艺术？

熟练（或娴熟）的语言，于公文或汇报可受赞扬，于文学却是末路。熟练中，再难有语言的创造，多半是语言的消费了。罗兰·巴特说过：文学是语言的探险。那就是说，文学是要向着陌生之域开路。陌生之域，并不单指陌生的空间，主要是说心魂中不曾敞开的所在。陌生之域怎么可能轻车熟路呢？倘是探险，模仿、反映和表现一类的意图就退到不大重要的地位，而发现成其主旨。米兰·昆德拉说：没有发现的文学就不是好的文学。发现，是语言的创造之源，便幼稚，也不失文学本色。在人的心魂却为人所未察的地方，在人的处境却为人所忽略的时候，当熟练的生活透露出陌生的消息，文学才得其使命。熟练的写作，可以制造不坏的商品，但不会有很好的文学。

熟练的写作表明思想的僵滞和感受力的麻木，而迷恋或自赏着熟练语言的大批繁殖，那当然不是先锋，但也并不就是传统。

如果传统就是先前已有的思想、语言以及文体、文风、章法、句式、情趣……那其实就不必再要新的作家，只要新的印刷和新的说书艺人就够。但传统，确是指先前已有的一些事物，看来关键在于：我们要继承什么，以及继承二字是什么意思？传统必与继承相关，否则是废话。可是，继承的尺度一向灵活因而含混，激进派的尺标往左推说你是墨守成规，保守者的尺标往右拉看你是丢弃传统。含混的原因大约在于，继承是既包含了永恒不变之位置又包含了千变万化之前途的。然而一切事物都要变，可有哪样东西是永恒不变的和需要永恒不变的么？若没有，传统（尤其是几千年的传统）究竟是在指示什么？或单说变迁就好，继承又是在强调什么？永恒不变的东西是有的，那就是陌生之域，陌生的围困是人的永恒处境，不必担心它的消灭。然而，这似乎又像日月山川一样是不可能丢弃的，强调继承真是多余。但是！面对陌生，自古就有不同的态度：走去探险和逃回到熟练。所以我想，传统强调的就是这前一种态度——对陌生的惊奇、盼念甚至是尊敬和爱慕，唯这一种态度需要永恒不变地继承。这一种态度之下的路途，当然是变化莫测无边无际。因而好的文学，其实每一步都在继承传统，每一步也都不在熟练中滞留因而成为探险的先锋。传统是其不变的神领，先锋是其万变之前途中的探问。

（也许先锋二字是特指一派风格，但那就要说明：此"先锋"只是一种流派的姓名，不等于文学的前途。一向被认为是先锋派的余华先生说，他并不是先锋派，因为没有哪个真正的作家是为了流派而写作。这话说得我们心明眼亮。）

那，为什么而写作呢？我想，就因为那片无边无际的陌生之域的存在。那不是凭熟练可以进入的地方，那儿的陌生与危险向人要求着新的思想和语言。如果你想写作，这个"想"是由什么引诱的呢？三种可能：市场，流派，心魂。市场，人们已经说得够多了。流派，余华也给了我们最好的回答。而心魂，却在市场和流派的热浪中被忽视，但也就在这样被忽视的时候她发出陌生的呢喃或呼唤。离开熟练，去谛听去领悟去跟随那一片混沌无边的陌生吧。

在心魂的引诱下去写作，有一个问题：是引诱者是我呢，还是被引诱者是我？这大约恰恰证明了心魂和大脑是两回事——引诱者是我的心魂，被引诱者是我的大脑。心魂，你并不全都熟悉，她带着世界全部的消息，使生命之树常青，使崭新的语言生长，是所有的流派、理论、主义都想要接近却总遥遥不可接近的神明。任何时候，如果文学停滞或萎靡，诸多的原因中最重要的一个就是：大脑离开了心魂，越离越远以至听不见她也看不见她，单剩下大脑自作聪明其实闭目塞听地操作。就像电脑前并没有人，电脑自己在花里胡哨地演示，虽然熟练。

1995 年 9 月 28 日

宿命的写作

"四十而不惑,五十而知天命。"

这话似乎有毛病:四十已经不惑,怎么五十又知天命?既然五十方知天命,四十又谈何不惑呢?尚有不知(何况是天命),就可以自命不惑吗?

斗胆替古人做一点解释:很可能,四十之不惑并不涉及天命(或命运),只不过处世的技巧已经烂熟,识人辨物的目光已经老练,或谦恭或潇洒或气宇轩昂或颐指气使,各类做派都已能放对了位置,天命么,则是另外一码事,再需十年方可明了。再过十年终于明了:天命是不可明了的。不惑截止在日常事务之域,一旦问天命,惑又从中来,而且五十、六十、七老八十亦不可免惑,由是而知天命原来是只可知其不可知的。古人所以把不惑判给四十,而不留到最终,想必是有此暗示。

惑即距离。空间的拓开,时间的迁延,肉身的奔走,心魂的寻觅,写作因此绵绵无绝期。人是一种很傻的动物:知其不可知而知欲不泯。人是很聪明的一种动物:在不绝的知途中享用生年。人是一种认真又倔犟的动物:朝闻道,夕死可也。人是豁达且狡猾的一种动物:游戏人生。人还是一种非常危险的动物:不仅相互折磨,还折磨他们的地球母亲。因而人合该又是一种服重刑或服长役的动物:苦难永远在四周看管着他们。等等等等于是最后:人是天地间难得的一种会梦想的动物。

这就是写作的原因吧。浪漫(不主义)永不过时,因为有现实以"惑"的方式不间断地给它输入激素和多种维他命。

我自己呢,为什么写作?先是为谋生,其次为价值实现(倒不一定求表扬,但求不被忽略和删除,当然受表扬的味道总是诱人的),然后才有了更多的为什么。现在我想,一是为了不要僵死在现实里,因此二要维护和壮大人的梦想,尤其是梦想的能力。

至于写作是什么，我先以为那是一种职业，又以为它是一种光荣，再以为是一种信仰，现在则更相信写作是一种命运。并不是说命运不要我砌砖，要我码字，而是说无论人干什么人终于逃不开那个"惑"字，于是写作行为便发生。还有，我在给一个朋友的信中这样说过："写什么和怎么写都更像是宿命，与主义和流派无关。一旦早已存在于心中的那些没边没沿、混沌不清的声音要你写下它们，你就几乎没法去想'应该怎么写和不应该怎么写'这样的问题了……一切都已是定局，你没写它时它已不可改变地都在那儿了，你所能做的只是聆听和跟随。你要是本事大，你就能听到的多一些，跟随的近一些，但不管你有多大本事，你与它们之间都是一个无限的距离。因此，所谓灵感、技巧、聪明和才智，毋宁都归于祈祷，像祈祷上帝给你一次机会（一条道路）那样。"

借助电脑，我刚刚写完一个长篇（谢谢电脑，没它帮忙真是要把人累死的），其中有这样一段："你的诗是从哪儿来的呢？你的大脑是根据什么写出了一行行诗文的呢？你必于写作之先就看见了一团混沌，你必于写作之中追寻那一团混沌，你必于写作之后发现你离那一团混沌还是非常遥远。那一团激动着你去写作的混沌，就是你的灵魂所在，有可能那就是世界全部消息错综无序的编织。你试图看清它、表达它——这时是大脑在工作，而在此前，那一片混沌早已存在，灵魂在你的智力之先早已存在，诗魂在你的诗句之前早已成定局。你怎样设法去接近它，那是大脑的任务；你能够在多大程度上接近它，那就是你诗作的品位；你永远不可能等同于它，那就注定了写作无尽无休的路途，那就证明了大脑永远也追不上灵魂，因而大脑和灵魂肯定是两码事。"卖文为生已经十几年了，唯一的经验是，不要让大脑控制灵魂，而要让灵魂操作大脑，以及按动电脑的键盘。

1995 年 12 月 22 日

文学的位置或语言的胜利

文学的目的，笼统言之，就在沟通。文学所以存在，就因为我们需要沟通，一个人盼望与所有人沟通，所有人盼望互相沟通，甚至自己的大脑也在寻求与自己的心魂沟通。文学的问题，其实就是人与人乃至人与万物万灵如何沟通的问题。这样看，似乎就没有必要提出"一个国家的文学如何与其他国家的文学沟通"这样的问题。国境线内的沟通，并不比国境线两边的沟通更简单些，国度的概念于此又有什么意义呢？文学意义上的沟通，是以个人为单位的，而国境线基本上是一个政治的抑或经济的问题。

从国度的位置看文学极容易有一个糟糕的效果，那就是，只见森林不见树木，只看到另一群人的群体现象而不去关注个人的心绪，只看到他们在空间和时间中的行动而忽视他们心魂的趋向。

但是,问题既已提出,就说明:国度,在人类所盼望的沟通中是一个独特的障碍。这障碍,是文学不情愿看到的,但它却是事实。首先,那是由不同的语种造成的,不同的发音、不同的文字和文法、不同的文化传统、不同的信仰、心理和思维习惯等等。我们常常听见翻译家们抱怨说,某些作品是不可翻译的,完美的翻译简直是不可能的。我虽只略懂汉语,但我能理解翻译家们的苦衷和遗憾。不过,我想这并不是最可怕的障碍,如果这障碍正是沟通的一种背景,而我们不仅注意到了它,而且正在努力克服它,我们就有理由持乐观态度。但是,通天塔的不能建成,大约主要不是因为语种的纷繁多异,而是由于比语种大得多的语言!就是说,语言中的障碍比语种间的障碍大得多。比如,成见和偏见与语种无关,但却包含在语言中。所以,其次(但绝不是次要的),国度所酿造的最大也最可怕的障碍,也许正是这种成见或偏见。

西方人看中国文学,常常认为那只是了解中国人风俗习惯的一条路径，较少相信那是了解中国人心魂状态的一个角度。他们经常是以社会学、民俗学乃至政治经济学的态度看待中国文学，很少把中国文学放在文学的位置上来观照。他们更容易以猎奇的态度看待中国的历史和现实，而对那简单的外在历史和现实之下埋藏的丰富且悠久的心魂追寻却多有忽略。中国文学确曾有那么一段时间离开了文学的位置，这可能是造成西方之成见的一个原因。这成见之深慢慢演成偏见，仿佛中国文学永远都只是出土的碎陶片或恐龙蛋，单为冷静的考古家们提供一处工作场所，为他们的预设的考古理论提供具体数据。我们对西方文学一向是崇敬的，至少我自己是这样。可是正因为这样，西方的偏见又助长起一些中国写作者的错觉，以致他们情愿在那偏见所发出的赞扬声中亦步亦趋，处精神之迷途而不觉，投偏见之所好以为乐事。

先要让文学回到文学的位置，沟通才是可能的。正如恋人先要走进爱的期盼，领袖先要退回到选民的地位，才可能有真正的沟通。

这就有一个文学的位置在哪儿的问题。这当然是非常复杂的问题。但有一点我想肯定是既简单又明确的：文学是超越国境线的，超越种族的。文学与经济的先进和落后也不成正比，它就像大气层一样是上帝对地球人平等的赐福。它在到处催生着精神的蓬勃绿色，唯愿不要因为我们愚蠢的偏见与争夺而污染它、破坏它。

有一次，我听到一位作家说：一个民族对另一个民族的征服或奴役，是以改变他们的语言为开始的，是以同化他们的语言为过程的，是以消灭他们的语言为结束的。他的这一判断大约并不错，我很感谢他的正义和敏觉。征服和奴役，这当然是一种可憎可恶的事实，这当然也是一种理应反抗的事实，因为任何一个民族对另一个民族的征服和奴役都是不能容忍的。但这更是一种可悲的事实——在被征服者丧失了自己的语言的时候，征服者到底获得了什么呢？就是说，他们获得了什么样的语言？他们获得了什么语言意义上的胜利呢？如果我们承认这样的征服者也就是语言的胜利者，那我们就等于承认了语言就是霸权。然而，语言却从来不承认征服者的胜利。因为语言的伟大和神圣并不在于征服而在于沟通，而语言的征服与被征服都是语言的失败、堕落和耻辱。上帝给我们空气是为了让我们呼吸，上帝给我们语言是为了让我们对话，上帝给了我们语言的差异是为了让我们沟通，上帝给了我们沟通的机会是为了让我们的心魂走出孤独、走向尽善尽美、使爱的意义一次次得到肯定。

那位作家接着说：因此，捍卫民族语言的独立和纯洁，就是文学的一项重要使命。这话也是不错的，面对征服和奴役的危险，这话就更显得正确无疑。但是，如果那样的征服和奴役并不能证明语言的胜利，这样的捍卫与反抗就能证明语言的胜利么？遗憾的是，我没有再听到那位作家说到文学的其他使命是什么，或者更重要的使命是什么。于是就有几个问题突现出来。一个问题是：在民族间（国家间）的征服尚未出现或已经消失的地方和时候，文学的使命是否还存在？另一个问题是：在同一民族（国家）中，文学的使命是否还存在？再一个问题是：我们何以要有文学？何以要有语言？何以要有语言的探险与创造？还有一个问题是：如果语言并不屈从于民族或国家的概念，它可能因为民族或国家的原因而被征服吗？最后的一个问题是：捍卫民族语言的独立和纯洁，其限度是什么？无限度的独立和纯洁是否有益？是否可能？

当我们还是孩子的时候，还不懂得民族（国家）之分以及征服为何物之时，我们就已经渴望语言了。当我们已经成年，看见了整个人类，并且厌恶了互相征服甚至厌恶了互相防范，这时候我们尤其渴望语言。这就说明，在民族（国家）的概念之外，早就有一片无穷无尽的领域在召唤、在孕育着我们的语言了，而且永远都有一条无穷无尽的长途在前面，迷惑我们，引诱我们，等待着我们的语言去探寻，等待着我们的语言更趋强健、完美。

那片无穷无尽的领域和长途是什么？

我在刚刚完成的一部小说里写过这样一段话：

> 你的诗是从哪儿来的呢？你的大脑是根据什么写出了一行行诗文的呢？你必于写作之先就看见了一团混沌，你必于写作之中追寻那一团混沌，你必于写作之后

发现你离那一团混沌还是非常遥远。那一团激动着你去写作的混沌，就是你的灵魂所在，有可能那就是世界全部消息错综无序的编织。你试图看清它、表达它——这时是大脑在工作，而在此前，那一片混沌早已存在，灵魂在你的智力之先早已存在，诗魂在你的诗句之前早已成定局。你怎样设法去接近它，那是大脑的任务；你能够在多大程度上接近它，那就是你诗作的品位；你永远不可能等同于它，那就注定了写作无尽无休的路途，那就证明了大脑永远也追不上灵魂，因而大脑和灵魂肯定是两码事。

我想，那片无穷无尽的领域和长途就是世界全部消息错综无序的编织，就是我们的灵魂、我们的困境和梦想。我想，写作就是跟随灵魂，就是聆听那片混沌，就是听见了从那儿透露出来的陌生消息而不畏惧，仍去那片陌生之域不懈地寻找人间的沟通——这就是文学的位置吧。

这样的沟通是以个人为单位的。捍卫语言的独立和纯洁，很可能就是捍卫每一个人的语言权利，使之不受任何名目下的权力控制，以及由此而生的成见和偏见的左右。它们是朋友间真诚的交流，是对手间坦率的对话，是情话或梦语般的自由。这样，它怎么还可能被征服、被奴役呢？即便征服和奴役的邪欲一时难于在这颗星上消灭干净，也会因为这样的语言和文学的力量而使之不能得逞。追求集体语言的反抗，大约并不能消灭征服的欲望和被征服的事实，而追求个人语言的自由才可能办到这一点。因为，集体语言非常可能在"独立和纯洁"的标签下实行封闭，而这封闭又会导致集体对集体的征服和集体对个人的奴役，而个人语言却必须是在与他人的交流和沟通中才能成立，必然是在敞开中实现其独立和纯洁。这样的独立和纯洁并不害怕吸收异质和改造自身，而这样的吸收和改造才创造了人类文明，才证明了语言的胜利。

1996 年 1 月 30 日

无病之病

听说有这样的医生,对治病没什么兴趣,专长论文,虽医道平平,论文却接二连三地问世。他们也接诊病人,也查阅病历,却只挑选"有价值"的一类投以热情。据说那是为了科研。毫无疑问我们都应当拥护科研,似不该对其挑选心存疑怨。但是,他们的挑选标准却又耐人寻味:遇寻常的病症弃之,见疑难的病症避之,如此淘汰之余才是其论文的对象。前者之弃固无可非议,科研嘛,但是后者之避呢,又当如何解释?要点在于,无论怎么解释都已不妨碍其论文的出世了。

以上只是耳闻,我拿不出证据,也不通医道。尤其让我不敢轻信的原因是,"寻常"与"疑难"似有非此即彼的逻辑,弃避之余的第三种兴趣可能是什么呢?第三种热情又是靠什么维系的？但如果注意到，不管是在什么领域，论文的数量都已大大超过了而且还在以更快的速度超过着发明与发现，便又可信上述耳闻未必虚传。于是想到：论文之先不一定都是科研的动机，论文也可以仅仅是一门手艺。

世上有各种手艺：烧陶、刻石、修脚、理发、酿酒、烹饪、制衣、编席……所以是手艺，在于那都是沿袭的技术，并无创见。一旦有了创见，大家就不再看那是手艺，而要赞叹：这是学问！这是艺术啊！手艺，可以因为创造之光的照耀，而成长为学问或艺术。反之，学问和艺术也可以熟谙成一门手艺。比如文学作品，乃至各类文章，常常也只能读出些熟而生巧的功夫。

其实，天下论文总归是两类动机：其一可谓因病寻医问药；其二，是应景，无病呻吟。两类动机都必散布于字里行间，是瞒不过读者的。前一种，无论其成败，总能见出心路的迷惑，以及由之而对陌生之域的惊讶、敬畏与探问。后一种呢，则先就要知难而避，然后驾轻车行熟路。然而，倘言词太过庸常，立论太过浅显，又怕轻薄了写作的威仪，不由得便要去求助巧言、盛装，甚至虎皮。

　　还以前述那类医生做比——到底什么病症才对他们"有价值"呢？不是需要医治的一种，也不是值得研究的一种，而是便于构筑不寻常之论文的那一种。方便又不寻常，这类好事不可能太多，但如果论文的需求又太多太多呢？那就不难明白，何以不管在什么领域，都会有那么多不寻常的自说自话了。它们在"寻常"与"疑难"之间开辟了第三种可能，在无病之地自行其乐。

　　"寻常"，是已被榨干说尽的领域，是穷途，是一种限制。"疑难"尚为坚壁，或者说不定还是陷阱，是险径，也是限制。而限制，恰恰是方便的天敌，何苦要与它过不去呢？（正像一句流行的口头禅所劝导的：哥们儿你累不累？）所以要弃之与避之。这样，方便就保住了，只缺着不寻常。然而不寻常还有什么不方便么？比如撒一泡旷古的长尿（听说在所谓的"行为艺术"中出现过这类奇观）。对于论文，方便而又不寻常的路在哪儿？在语言市场上的俏货，在理论的叠床架屋并浅入深出，在主义的相互帮忙和逻辑的自我循环，在万勿与实际相关,否则就难免又碰上活生生的坚壁或陷阱——势必遭遇无情的诘问。所以,魔魔道道的第三种热情,比如说,就像庸医终于逃脱了患者的纠缠,去做无病的诊治游戏,在自说自话中享受其论说的自由。

我没说论文都是这样。我只是说有些论文是这样,至少有些论文让人相信论文可以是这样:有富足的智力,有快乐的心理,唯不涉精神的疑难。其病何在?无病之病是也。

写到这儿,我偶然从《华人文化世界》上读到一篇题为《当代医学的挑剔者》的文章(作者王一方),其中提到一位名叫图姆斯的哲学家,以其自身罹病的经验,写了一本书:《病患的意义》。文中介绍的图姆斯对现代医学的"挑剔",真是准确又简洁地说出了我想说而无能说出的话。

> 在图姆斯看来,现代医学混淆了由医生(客体)通过逻辑实证及理性建构的医学图景与病患者(主体)亲自体验的异常丰富的病患生活世界的界限。前者是条理近乎机械、权威(不容怀疑)的"他们"的世界,后者

是活鲜、丰富的"我"的世界;前者是被谈论的、被研究的、被确认的客观世界,后者是无言的体验、或被打断或被告知不合逻辑的、荒诞不经的主观世界。正是这一条条鸿沟,不仅带来医患之间认识、情感、伦理判断及行为等方面的冲突,也使得医学只配作为一堆"知识""信息""技术项目",而不能嵌入生命与感情世界。为此,患者图姆斯为现代医学开出了药方,一是建议医学教育中重视医学与文学的沟通,鼓励医科学生去阅读叙述疾病过程与体验的文学作品,以多重身份去品味、体悟、理解各种非科学的疾患倾诉;二是亲自去体验疾病。……古人"三折肱而为良医",图姆斯的"折肱"……却为现代医学的精神困境送去了一支燃烧着的红烛。

以上所录图姆斯对现代医学的"挑剔"和药方,我想也可以是照亮现代文学、艺术和评论之困境的红烛吧。况且精神的病患甚于生理的病患,而生理病患的困苦终归是要打击到精神上来,才算圆满了其魔鬼的勾当。——图姆斯大约也正是基于这一点而希望医学能与文学沟通的。

我记得,好像是前两年得了诺贝尔奖的那个诗人帕斯说过:诗是对生活的纠正。我相信这是对诗性最恰切的总结。我们活着,本不需要诗。我们活着,忽然觉悟到活出了问题,所以才有了"诗性地栖居"那样一句名言。诗性并不是诗歌的专利(有些号称诗歌的东西,其中并无诗性),小说、散文、论文都应该有,都应该向诗性靠近,亦即向纠正生活靠近。而纠正生活,很可能不是像老师管教学生那样给你一种纪律,倒更可能像似不谙世故的学生,捉来一个司空见惯却旷古未解的疑问,令老师头疼。这类疑问,常常包含了生活的一种前所未有的可能性,因而也常常指示出现实生活的某种沉疴痼疾。

1997 年 3 月 21 日

写作与越界

柏拉图说:"哲学从惊奇开始。"我想,文学何尝不是这样?另一位哲学家说:哲学就是"对通常信以为真的基本问题提出质疑"。我想,如果哲学对解疑抱有足够的自信,文学的不同则在于,要在不解的疑难中开出一条善美的路。

鉴于上述理解,越界之于文学就是必然——如果"对通常信以为真的基本问题提出质疑",你当然就不可避免地要越界了;如果要在不解的疑难中开辟另一条道路,你当然就得准备越一条大界。

为此应当感谢文学,感谢它为人生不至于囚死在条条现实的界内,而提供了一种优美的方式,否则钟表一样地不越雷池,任何一种猿类都无望成人。这样说吧:文学即越界,文学的生命力就在于不轨之思,或越界的原欲;倘于既定的界内大家都活得顺畅、满足，文学就根本不会发生。

正如亚里士多德所说，"人人生来都想认识什么"，所以，灭欲不像是上帝的意图。上帝以分离的方法创造了世界，便同时创造了被分离者相互的渴望；上帝从那无限的混沌中创造出种种有形、有限的事物，便同时创造了有形、有限者越界的冲动。人不大可能知晓上帝的动机，但必须承担这创造的后果。

譬如曹雪芹笔下的那块顽石，原本无欲无念、埋没于无限的混沌中如同不在，但一日忽慕红尘，即刻醒为有形、有限，入世而成人生……于是乎一体之囚，令其尽尝孤独，令其思慕他者，便一次次违规、越界；"一把辛酸泪"全是为着要与另外的心魂团聚。可是梦呵，哪有个完呢？可是人哪，怎能没有梦？正如这有限的身心，注定要向那无限之在不息地眺望！——唯其如此，才可谓存在或存在者吧。

但那无限之在到底是什么，或上帝的意图到底是什么呢？尽管有"空空大士"和"渺渺真人"的引领，那痴情公子的最终去处，仍是人所不知且永不可知、人所寄望并永寄希望的所在。一部泣鬼惊神的《红楼梦》，见仁见智地让人说不完。要我说，什么世态炎凉，什么封建社会，以及种种玄机、隐喻，全在次要，那根本说的是人生处境，永恒不可以摆脱的存在本质！存在，势必有限，否则不存在；有限，必然对立着无限，否则二者皆不能在；而这对立，便注定着人生孤苦，注定会思慕他人，注定要不断地超越种种限制。

但超越的方向，通常会是两路：一路是做成强权，一路是皈依神愿。强权，是一定要加固种种限制的，否则何以恃强？而神愿，却是一条没有尽头的向爱之路、超越之路；一旦有尽，就得警惕强权又要在那尽头竖起偶像了。所以，料那"空空大士""渺渺真人"也不能抵达无限。无限，可怎么抵达？一经抵达，岂不又成了有限？"空空"与"渺渺"能给那痴情公子提供的选择，料也只有两项：一是无欲无念地复归顽石，复归虚无；再就是不断越界，像西绪福斯那样，把无限的路途看做无限超越的可能，再把这无限的可能融于你的痴情——爱，并永远地爱着，哪怕是血泪。

我辈都不过是以皮肤、以衣服、以墙壁,尤其是以语言——早有人说过,"与其说语言表达了什么,不如说它掩盖了什么"——为界的一种有限存在,存在于这空空渺渺的无限之中。因而我们对他人或他者的向往,也便顺理成章地无限着。但无论是皮肤、衣服、墙壁、语言还是别的什么,都不能阻挡我们的向往。所以我猜,在那条条界线之外,空空渺渺之中,早有另样的戏剧在上演,一直都在上演,那便是心魂之永恒的盼念。我们想象那样的戏剧,倾慕那样的戏剧,窃盼它能成真,所以有了文学。但如果"文学"二字也已然被不断加固的某些界线所囚禁,我们毋宁只称其为:写作。

我遗憾地发现,"文学"二字果然已被"知识树"的果实给噎成了半死;更多的人宁愿相信那不过是一种成熟与否的技能,却忘记着,上帝所以要给人孤独、欲望和写作才能的苦心苦盼。比如说,人们宁愿相信真实是文学的最高境界,却很少去问:真实到底是指的什么?终归要由谁来鉴定?真实，难道不是意味着公认？数学的真理要靠公认，文学的境界莫非也得靠它？倘其如此，独具的心流就很容易被埋没、被强迫了；一俟神明不止于看顾个人，只怕集体的偶像就又要出面弄权了。能够摆脱公认的真，是人的真诚或神的真愿。对真实的迷拜，很容易使文学忽视着独属于心魂的疑难，忽视着那空空渺渺之中的另样戏剧（《我的丁一之旅》中称之为"虚真"）。这样的忽视，突出地表现于，我们越来越缺乏自我审视的能力，越来越喜欢在白昼的尘埃中模仿激情，而害怕走进黑夜，去探问自己的内心——即被遮挡在皮肤、衣服、墙壁和话语后面的心魂。

我特别看重疑难。一是因为，疑难是从不说谎的，尤其是不对自己说谎。二是因为，疑难既是囚禁的后果，更是越界的势能。

我特别敬仰日本作家横光利一前辈。他的书我其实是最近才读到的，而且读的不多，但他的《作家的奥秘》一文令我震动。他说："绝对需要从一开始就设定一个第四人称。……探求道德就该最先从这一问题着手做起：把第四人称置于自身内部的何处。"什么是第四人称呢?他说:"比方说,作家要写某个心地善良的人,在这种场合,他是将自己彻底变成那个心地善良者呢?抑或只是观察他,这思忖的当儿,作家便要触及到自身的奥秘。"我想,第四人称,即是那超越了你、我、他三种位置的神性观照吧;是要作家们不仅针对他人,更要针对自己,切勿藏起自己的"奥秘",一味地向读者展示才华和施以教导。所以我想,写作不是模仿激情的舞台,而是探访心魂的黑夜。横光利一先生接着说:"不设定第四人称,思考便无从进行。柏拉图是第一个从对新假设的感激中认识到了善的。近代的道德探索之所以没有出现任何新的假设,可能是因为人们对某种东西心存恐惧吧?而恐惧的原因,总是存在于最为无聊低级的地方。"

不过这样,横光利一先生就又为写作立下一个原则了,即"第四人称"的境界。正所谓"没有规矩,何成方圆"吧,其实每一次越界,又都是一种更高境界的建立。彻底的价值虚无者当然也可以写和不断地写,但若满篇文字无涉心魂,或干脆是逃避心魂,那是越界吗?那其实已然又入混沌。孔子的"从心所欲不逾矩",仍不失为伟大教导。

最后,让我再引一段横光前辈的话,作为本文的结尾吧:"作家的奥秘,既不在写作的意欲,也不在非写不可,而在于与自身的魔障作斗争。"如果我们准备听取他的忠告,就督促自己去超越自身这一条大界,尽量站到"第四人称"的位置上去,再来想写什么和怎么写吧。

2006年6月1日

原 生 态

大家争论问题,有一位,坏毛病,总要从对手群中挑出个厚道的来斥问:"读过几本书呀,你就说话!"这世上有些话,似乎谁先抢到嘴里谁就占了优势,比如"您这是诡辩""您这人虚伪""你们这些知识分子呀"——不说理,先定性,置人于越反驳越要得其印证的地位,此谓"强人"。问题是,读过几本书才能说话呢?有标准没有?一百本还是一万本?厚道的人不善反诘,强人于是屡战屡"胜"。其实呢,谁心里都明白,这叫虚张声势,还叫自以为得计。孔子和老子读过几本书呢?苏格拉底和亚里士多德读过几本书呢?那年月统共也没有多少书吧。人类的发言,尤其发问,是在有书之前。先哲们先于书看见了生命的疑难,思之不解或知有不足,这才写书、读书,为的是交流而非战胜,这就叫"原生态"。原生态的持疑与解疑,原生态的写书与读书,原生态的讨论或争论,以及原生态的歌与舞。先哲们断不会因为谁能列出一份书单就信服谁。

随着原生态的歌舞被推上大雅之堂,原生态又要变味儿似的。一说原生态,想到的就是穷乡僻壤,尤其少数民族。好像只有那儿来的东西才是原生态,只要是那儿来的东西就是原生态。原生态似要由土特产公司专购专销。自认为"主流话语"的文化人,便也都寻宝般地挤上了西去的列车。这算不算政治不正确?人家的"边缘"凭啥要由你这"主流"来鉴定?"原生态"凭啥要由"现代"和"后现代"来表彰?再问:你是怎样发现了原生态的呢?根据你的"没有",还是根据你的"曾有"和"想有"?若非曾有,便不可能认出那是什么;认不出那是什么,就不会想有;若断定咱自己不可能有,千里迢迢把它们弄来都市,莫非只看那是文明遗漏的稀罕物儿?打小没吃过的东西你不会想吃它,都市人若命定与原生态无关,大家也就不会为之感动。原生态,其实什么地方都曾有,什么时候也都能有,倒是让种种"文化"给弄乱了——此也文化，彼也文化，书读得太多倒说昏话；东也来风，西也来风，风追得太紧即近发疯。有次开会，一位青年作家担忧地问我："您这身体，还怎么去农村呢？"我说是呀，去不成了。他沉默了又沉默，终于还是忍不住说："那您以后还怎么写作？"

原生态，啥意思？原——最初的；生——生命，或对于生命的；态——态度，心态乃至神态。不能是状态。"最初的状态"容易让人想起野生物种，想起 DNA、RNA，甚至于"平等的物质"。想到"平等的物质"，倒像是一种原生态思考——要问问人压根儿是打哪儿来的，历尽艰辛又终于能到哪儿去。当然了，想没想错要另说。可要是一上来想的就是：不想当元帅的士兵就不是好士兵，没得过奖的作家就不是好作家，因而要掌握种种奖项——尤其那个顶尖的"诺奖"——的配方，比如说一要有民族特色，二要是边缘话语，三还得原生态……可这还能是原生态吗？原生态，跟"零度写作"是一码事。零度，既指向生命之初——人一落生就要有的那种处境，也指向生命终点——一直到死，人都无法脱离的那个地位。比如你以个体落生于群体时的恐慌,你以有限面对无限时的孤弱,你满怀梦想而步入现实时的谨慎,甚至是沮丧……还有对死亡的猜想,以及你终会发现,一切死亡猜想都不过是生者的一段鲜活时光。此类事项若不及问津,只怕是"上天入地求之遍"也难得原生态。这世上谜题千万,有一道值六十分,其余的分数你全拿满也还是不及格,士兵许三多给出了此题的圆满答案。

许三多和成才同出一乡,前者是原生的心态——"要好好活","要做有意义的事",后者却不知跳到几度去了——"不想当元帅的士兵就不是好士兵"。几百年来,拿破仑的这句话好像成了无可置疑的真理,其实未必。比如说人,人是由脑袋瓜子和脚巴丫子等等各司其职的一个整体,要是脚巴丫子总想当脑袋瓜子,或者脑袋瓜子看不起脚巴丫子,这人一准生病。史铁生的病就是这么来的,脚巴丫子不听脑袋瓜子的,还欺骗脑袋瓜子,致使其肌肉萎缩并骨质疏松;幸好它还没犯上到去代替脑袋瓜子,否则其人必将进而痴呆。脑袋瓜子要当好脑袋瓜子,比如说爱护脚巴丫子;脚巴丫子要当好脚巴丫子,比如说要听命于脑袋瓜子,同时将真实信息——是疼,是痒,是累——反馈给脑袋瓜子,这才能活蹦乱跳地是个健康人。

可照这么说就有个问题了:元帅生下来就是元帅吗?哪个元帅不曾是士兵?那就还有一问:你是只想当元帅呢,还是自信雄才大略,能打胜仗,才想当元帅的?倘是后者,雄才中必有一才:能够号令千万士兵协同作战——仗从来是要这么打的;大略中当含一略:先让那不想当士兵的士兵回家——不懂得当好士兵的士兵,怎能当好元帅?战争中的元帅,先要看自己是个士兵。可见,许三多的质朴信奉,既适用于士兵也适用于元帅。尤当战争结束,士兵和元帅携手回乡,就都能够继续活得好了。

"好好活"并"做有意义的事",正是不可再有删减的原生态。比如是一条河的、从发源到入海都不可须臾有失的保养。元帅不是生命的根本,元帅也有想不开跳楼的。当然了,十度、百度、千万度,于这复杂纷繁的人间都可能是必要的,但别忘记零度,别忘记生命的原生态。一个人,有八十件羊绒衫，您说这是为了上哪儿去呢？一个人，把"读了多少书"当成一件暗器，您说他还能记得自己是打哪儿来的吗？比如唱歌，"大青石上卧白云，难活莫过是人想人"——没问题，原生态！"无论是东南风还是西北风，都是我的歌"呢，黄土地上的"许三多们"恐怕从未想到过这样的炫耀，也从不需要这样的"乐观"教育。比如画画，据说凡·高并未研究过多少画作，他说"实际上我们穿越大地，我们只是经历生活"，"我们从遥远的地方来，到遥远的地方去……我们是地球上的朝拜者和陌生人"，"（这儿）隐藏了对我的很多要求"，于是他笔下的草木发出着焦灼的呼喊，动荡的天空也便响彻了应答。而模仿他的，多只是模仿了他的奇诡笔触；收藏他的，则主要看那是一件值钱的东西。又比如政治，为了人民（安居乐业）的是原生态——政治压根儿就是为了办好这件事的，但也有些仅仅是为了赢得人民，他们要办的事情好像要更多些。再比如信仰，为了使自己的灵魂得其指点和拯救的，是原生态，为了去指挥别人的，就必须得编瞎话儿、弄光环了。比如婚姻，"父母之命、媒妁之言"似乎更古老，但那是原生态吗？爱情，才是原生态。爱情，最与写作相近，因而"时尚之命、评论家之言"断不可以为写作的根据，写作的根据是你自己的迷茫和迷恋、心愿与疑难。写作所以也叫创作，是说它轻视模仿和帮腔，看重的是无中生有，也叫想象力，即生命的无限可能性。以有限的生命，眺望无限的路途，说到底，还是我们从哪儿来，要到哪儿去。回到这生命的原生态，你会发现：爱情呀，信仰呀，政治呀……以及元帅和"诺奖"呀——的根，其实都在那儿，在同一个地方，或者说在同一种对生命的态度里。它们并不都在历史里，并不都在古老的风俗中，更不会拘于一时一域。果真是人的原生态，那就只能在人的心里，无论其何许人也。

有个人，整理好行装，带足了干粮和水，在早春出发，据说是要去南方找他的爱人，可结果，人们却在北方深冬的旷野里发现了他的尸体。要去南方却死在了北方，这期间发生了什么没人知道。（就像海明威猜不透那头豹子到雪线以上的山顶上去究竟是要干吗。）据此可以写一部长篇小说，不去农村也可以。对那段漫长或短暂的空白，你怎么猜想都行,怎么填写也都不会再得罪谁,但大方向无非两种:一是他忘记了原本是要去哪儿,一是他的爱人已移居北方。

2008 年 1 月 26 日

想 电 影

电影曾经是一门艺术,现在则更强调它是一宗产业。似乎,人们已不再向它要求深情和深意,只期待它的耀眼与票房。是呀,动辄千万的投资投给谁?当然是不单能保本,还能够赚取丰厚利润的人。这好像没什么不对。但这就推动了一个循环:以盈利来争取投资,以投资来获取利润,利润越高越可争取到大投资,投资越大越能获取高利润。投资、制作与销售,统一思想统一步伐,形同垄断,小本经营几乎无法生存。再加上杂七杂八的其他牵制,艺术日益沦为点缀,沦为累赘,否则就只好"藏在深闺人未识"。就像早年有人点破的一种现象:年轻作家不得不为劣质小报写些听命文章,以求自由写作之有日,年轻画家又不得不为那听命文章画些蹩脚的插图,以期随心挥洒之有时。关键是,已然熬成婆的大导和大腕儿，总还是在上述循环中手忙脚乱，无暇旁顾，让人担心百花齐放之无期。

"嫁得瞿塘贾，朝朝误妾期。早知潮有信，嫁与弄潮儿。"嫁谁也未必可靠，莫如自己来弄潮。某种电影，有钱的不拍，没钱的拍不起，咱就自个儿想吧。想象一部电影，既无需投资，又不要谁来批准，高兴了写成本子，也不期拍摄，唯供气味相投者自娱自乐，恰如雨淋淋的天气里喝杯小酒。馆子里的大菜烧来炖去，贵且不说，轰轰烈烈的总让人想起饲养场，想起《千与千寻》中那一对吃成猪的爹娘。真美食家是要自己动手的，不计利润，也不摆谱儿，吃的是心情。只可惜我这腿脚不济，否则真想扛架摄像机，把"想"扩大到"拍"：夏日凄艳的夕阳，深秋温润的风雨，树影摇摇，落叶飘飘……院子里有群悠闲的猫，树荫下有个与猫共舞的老人，天上鸽音，地上人群……窗口边一只绚丽的蝴蝶，窗口中一缕淡雅的倩影，往事如烟，心在何方……忽然间，一个孩子闯进画面，小脸儿凑近镜头问："您干吗？"拍电影。"这能拍电影？"当然能，不拍也能。"不拍怎么能呢？"想呀，想电影，心里的电影一定是最难忘的电影。孩子蹲下来,往镜头里看:"什么名儿?"没名儿。"没名儿呀!"孩子撇嘴,接着又问:"是不是特打?"打什么?孩子"嗨"地大吼一声,抬脚踢开一只猫。唉唉,你还没到懂电影的年龄呢。"那,您能拍拍我们幼儿园的事吗?"拍你们打架?孩子不吭声,羞愧地笑。"那您说拍什么?"还是你自己说吧。孩子蹲在那儿想,想自己的电影……

2008 年春

答自己问

一 人为什么要写作？

最简要的回答就是：为了不至于自杀。为什么要种田呢？为什么要做工吃饭呢？为了不至于饿死冻死。好了，写作就是为了不至于自杀。人之为人在于多一个毛病，除了活着还得知道究竟活的什么劲儿。种田做工吃饭乃是为活着提供物质保证，没有了就饿死冻死；写作便是要为活着找到可靠的理由，终于找不到就难免自杀或还不如自杀。

区分人与动物的界线有很多条，但因其繁复看似越来越不甚鲜明了，譬如"思维和语言"，有些科学家说"人类可能不是唯一能思维和说话的动物"，另一些科学家则坚持认为那是人类所独有的。若以我这非学者的通俗眼光看，倒是有一条非常明显又简便的区分线摆在这儿；会不会自杀（是会不会，不是有没有）。这天地间会自杀的只有人类。除了活着还要问其理由的只有人类。丰衣足食且身体健康，忽一日发现没有了这样继续下去的理由，从而想出跳楼卧轨吃大量安眠药等等千条妙计的只有人类。最后，会写作的只有人类。

鲸的集体上岸"自杀"呢？我看这不是真正意义上的自杀，我猜这准是相当于醉后的坠入茅坑之类，真正的自杀是明确地找死，我看鲸不是。倘若有一天科学家们证明鲸是真正的自杀，那么我建议赶紧下海去买它们的书，我认为会自杀的类都是会写作的类。

去除种种表面上的原因看，写作就是要为生存找一个至一万个精神上的理由，以便生活不只是一个生物过程，更是一个充实、旺盛、快乐和镇静的精神过程。如果求生是包括人在内的一切生物的本能，那么人比其他生物已然又多了一种本能了，那就是不单要活还要活得明白，若不能明白则还不如不活那就干脆死了吧。所以人会自杀，所以人要写作，所以人是为了不致自杀而写作。这道理真简单，简单到容易被忘记。

二　历史上自杀了的大作家很多，是怎么回事？是自杀意识导致写作行为呢还是相反？

先说后面一个问题。至少"文化革命"提供了一个证明：在允许自由写作的地方和时期固然仍有自杀的事情发生，但在不允许自由写作的地方和时期，自杀的事情就更多。

可是，"文革"中多数的自杀者并不是因为不允许其写作呀？而被剥夺了写作权利的人倒是多数都没有自杀呀？我想必是这样的：写作行为不一定非用纸笔不可，人可以在肚子里为生存找到理由。不能这样干的人不用谁来剥夺他他也不会写作，以往从别人那儿抄来的理由又忽失去，自己又无能再找来一个别样的理由，他不自杀还干什么？被夺了纸笔却会写作的人则不同了，他在肚子里写可怎么剥夺？以往的理由尽可作灰飞烟灭，但他渐渐看出了新的理由，相信了还不到去死的时候。譬如一个老实巴交的工人，他想我没干亏心事不怕鬼叫门，你们打我一顿又怎么样？人活的是一个诚实——这便是写作,他找到的理由是诚实,且不管这理由后来够不够用。一个老干部想,乌云遮不住太阳,事情早晚会弄清楚的,到头来看谁是忠臣谁是奸佞吧——这是他的作品。志士从中看见了人类进步的艰难,不走过法西斯胡同就到不了民主大街和自由广场,不如活着战斗。哲人则发现了西绪福斯式的徒劳,又发现这便是存在,又发现人的意义只可在这存在中获取,人的欢乐唯在这徒劳中体现。先不论谁的理由更高明,只说人为灵魂的安宁寻找种种理由的过程即是写作行为,不非用纸笔不可。

既如此,又何以在不允许自由写作的地方和时期里自杀的事情会更多呢?原因似有三:一是,思想专制就像传染性痴呆病,能使很多很多的人变得不会自由写作,甚至不知道为什么要自由写作。他们认定生存的理由只有专制者给找来的那一个,倘不合适,则该死的是自己而绝不可能是那理由。二是,它又像自身免疫性疾病,自由的灵魂要抵抗专制,结果愤怒的抗体反杀了自己,或是明确地以死来抗议,或是不明确地让生命本能的愤而自杀来抗议。第三,它又像是不孕症和近亲交配造成的退化,先令少数先进分子的思想不能传播不能生育,然后怂恿劣种遗传。

值得放心的是,人类数十万年进化来的成果不会毁于一旦,专制可以造成一时的愚钝与困惑,但只要会自杀的光荣犹在就不致退回成猴子去,有声的无声的以死抗议一多,便等于在呼唤自由便注定导致重新寻找生的理由。自由写作躲在很多个被窝里开始然后涌上广场,迎来一个全新的创造。这创造必定五花八门,将遗老遗少大惊得失色。

顺便想到一种会用纸笔却从不会自由写作的人,他们除了会发现大好形势外就再发现不了别的。他们不会自杀,他们的不会自杀不是因为找到了理由,而是不需要理由,随便给他个什么理由他也可以唱,就像鹦鹉。

再说前面的问题——为什么很多大作家自杀了?换一种情况看看:你自由地为生存寻找理由,社会也给你这自由,怎么样呢?结果你仍然可能找不到。这时候,困难已不源于社会问题了,而是出自人本的问题的艰深。譬如死亡与残病,譬如爱情和人与人的不能彻底沟通,譬如对自由的渴望和人的能力的局限，譬如：地球终要毁灭那么人的百般奋斗究竟意义何在？无穷无尽地解决着矛盾又无穷无尽地产生着矛盾，这样的生活是否过于荒诞？假如一个极乐世界一个共产主义社会真能呈现，那时就没有痛苦了吗？没有痛苦岂不等于没有矛盾岂不是扯谎？现代人高考落第的痛苦和原始人得不到一颗浆果的痛苦，你能说谁轻谁重？痛苦若为永恒，那么请问我们招谁惹谁了一定要来受此待遇？人活着是为了欢乐不是为了受罪，不是吗？如是等等，大约就是那些自杀了的大作家们曾经面对的问题。他们没找到这种困境中活下去的理由，或者他们相信根本就没有理由如此荒唐地活下去。他们自杀了，无疑是件悲哀的事（也许他们应该再坚持一下），可也是件令人鼓舞的事——首先，人的特征在他们身上这样强烈这样显著，他们是这样勇猛地在人与动物之间立了一座醒目的界碑。其次，问题只要提出（有时候单是问题的提出就要付死的代价，就像很多疾病是要靠死来发现的），迟早就会有答案，他们用不甘忍受的血为异化之途上的人类指点迷津，至少是发出警号。假如麦哲伦葬身海底，那也不是羞耻的事。谁会轻蔑牛顿的不懂相对论呢？为人类精神寻找新大陆的人，如果因为孤军奋战绝望而死那也是光荣。他们面对的敌人太强大了，不是用一颗原子弹可以结束的战争；他们面对的问题太严峻太艰深了，时至今日人类甚至仍然惶惑其中。所幸有这些不怕死的思考者，不怕被杀，也不怕被苦苦的追寻折磨死，甚至不怕被麻木的同类诬为怪人或疯子。我时常觉得他们是真正的天使，苍天怜恤我们才派他们来，他们（像鲁迅那样）爱极了也恨透了，别的办法没有便洒一天一地自己的鲜血，用纯真的眼睛问每一个人：你们看到了吗？

我看他们的死就是这样的。虽然我们希望他们再坚持一下不要急着去死。但我们没法希望人类在进步的途中不付死的代价。

在这种时候，也可以说是写作行为导致了自杀意识的。其实这就像阴阳两极使万物运动起来一样，人在不满与追寻的磁场中不得停息，从猿走来，向更人的境界走去。"反动"一词甚妙，谁不允许人们追寻进而不允许人们不满，谁自是反动派。

这儿没有提倡自杀的意思,我想这一点是清楚的。长寿的托尔斯泰比自杀了的马雅可夫斯基更伟大。至于那些因一点平庸的私欲不得满足便去自杀的人,虽有别于动物但却是不如了动物,大家都这样干起来,人类不仅无望进步,反有灭种的前途。

三 有人说写作是为了好玩。

大概有两种情况。

一种是:他活的比较顺遂,以写作为一项游戏,以便生活丰富多彩更值得一过。这没什么不好,凡可使人快乐的事都是好事,都应该。问题在于,要是实际生活已经够好玩了,他干吗还要用写作来补充呢?他的写作若仅仅描摹已经够好玩了的实际生活,他又能从写作中得到什么额外的好玩呢?显而易见,他也是有着某类梦想要靠写作来实现,也是在为生存寻找更为精彩的理由。视此寻找为好玩,实在比把它当成负担来得深刻(后面会说到这件事)。那么,这还是为了不致自杀而写作吗？只要想想假如取消他这游戏权利会怎么样，就知道了。对于渴望好玩的人来说，单调无聊的日子也是凶器。更何况，人自打意识到了"好玩"，就算中了魔了，"好玩"的等级步步高升哪有个止境？所以不能不想想究竟怎样最好玩，也不能不想想到底玩的什么劲儿，倘若终于不知道呢？那可就不是玩的了。只有意识不到"好玩"的种类，才能永远玩得顺遂，譬如一只被娇惯的狗，一只马戏团里的猴子。所以人在软弱时会羡慕它们，不必争辩说谁就是这星球上最灿烂的花朵，但人不是狗乃为基本事实，上帝顶多对此表示歉意，事实却要由无辜的我们承当。看人类如何能从这天定的困境之中找到欢乐的保障吧。

另一种情况是：他为生存寻找理由却终于看到了智力的绝境——你不可能把矛盾认识完，因而你无从根除灾难和痛苦；而且他豁达了又豁达还是忘不了一件事——人是要死的，对于必死的人（以及必归毁灭的这个宇宙）来说，一切目的都是空的。他又生气又害怕。他要是连气带吓就这么死了，就无话好说，那么必不是一个有效的归宿。他没死他就只好镇静下来。向不可能挑战算得傻瓜行为,他不想当傻瓜,在沮丧中等死也算得傻瓜行为,他觉得当傻瓜并不好玩,他试着振作起来,从重视目的转而重视了过程,唯有过程才是实在,他想何苦不在这必死的路上纵舞欢歌呢?这么一想忧恐顿消,便把超越连续的痛苦看成跨栏比赛,便把不断地解决矛盾当做不尽的游戏。无论你干什么,认其为乐不比叹其为苦更好吗?现在他不再惊慌,他懂得了上帝的好意:假如没有距离人可怎么走哇?(还不都跟史铁生一样成了瘫子?但心路也有距离,方才提到的这位先生才有了越狱出监的机会。而且!人生主要是心路的历程。)他便把上帝赐予的高山和深渊都接过来,"乘物以游心",玩他一路,玩得心醉神迷不绊不羁创造不止灵感纷呈。这便是尼采说的酒神精神吧?他认为人生只有求助于审美而获得意义。看来尼采也通禅机,禅说人是"生而为艺术家"的,"是生活的创造性的艺术家"。当人类举着火把,在这星球上纵情歌舞玩耍,前赴后继,并且镇静地想到这是走在通向死亡的路上时,就正如尼采所说的,他们既是艺术的创造者和鉴赏者,本身又是艺术品。他们对无边无际的路途既敬且畏，对自己的弱小和不屈又悲又喜（就如《老人与海》中的桑提亚哥），他们在威严的天幕上看见了自己泰然的舞姿，因而受了感动受了点化，在一株小草一颗沙砾上也听见美的呼唤，在悲伤与痛苦中也看出美的灵光，他们找到了生存的理由，像加缪的西绪福斯那样有了靠得住的欢乐，这欢乐就是自我完善，就是对自我完善的自赏。他们不像我这么夸夸其谈，只是极其简单地说道：啊，这是多么好玩。

那么死呢？死我不知道，我没死过。我不知道它好玩不好玩。我准备最后去玩它，好在它跑不了。我只知道，假如没有死的催促和提示，我们准会疲疲沓沓地活得没了兴致没了胃口，生活会像七个永远唱下去的样板戏那样让人失却了新奇感。上帝是一个聪明的幼儿园阿姨，让一代一代的孩子们玩同一个游戏，绝不让同一个孩子把这游戏永远玩下去，她懂得艺术的魅力在于新奇感。谢谢她为我们想得周到。这个游戏取名"人生"，当你老了疲惫了吃东西不香了娶媳妇也不激动了，你就去忘川走上一遭，重新变成一个对世界充满了新奇感的孩子,与上帝合作重演这悲壮的戏剧。我们完全可以视另一些人的出世为我们的再生。得承认,我们不知道死是什么(死人不告诉我们,活人都是瞎说),正因如此我们明智地重视了生之过程,玩着,及时地玩好它。便是为了什么壮丽的理想而被钉上十字架,也是你乐意的,你实现了生命的骄傲和壮美,你玩好了,甭让别人报答。

这是我对"好玩"的理解。

四 不想当大师的诗人就不是好诗人吗?

我一会儿觉得这话有理,一会儿又觉得这是胡说。

一个人,写小说,无所谓写什么只要能发表他就写,只要写到能发表的程度他就开心极了。他写了一篇四万字的小说,编辑说您要是砍下一万五去咱们就发,他竟然豁达到把砍的权利也交给编辑,他说您看着砍吧编辑,就是砍去两万五也可以。然后他呢,他已摸清了发表的程度是什么程度,便轻车熟路已然又复制出若干篇可供编辑去砍的小说了——这时候,也仅仅在这种时候,我觉得那句话是有道理的。

其余的时候我觉得那句话是胡说。它是"不想当元帅的士兵就不是好士兵"的套用,套用无罪,但元帅和诗人是截然不同的两回事(就像政治和艺术)。元帅面对的是人际的战争,他依仗超群的智力,还要有"一代天骄"式的自信甚至狂妄,他的目的很单纯——压倒一切胆敢与他为敌的人,因此元帅的天才在于向外的征战,而且这征战是以另一群人的屈服为限的。一个以这样的元帅为楷模的士兵,当然会是一个最有用的士兵。诗人呢?为了强调不如说诗人的天才出于绝望(他曾像所有的人一样向外界寻找过幸福天堂,但"过尽千帆皆不是",于是诗人才有了存在的必要),他面对的是上帝布下的迷阵,他是在向外的征战屡遭失败之后靠内省去猜斯芬克斯的谜语的,以便人在天定的困境中得救。他天天都在问,人是什么?人到底是什么要到哪儿去?因为已经迷茫到了这种地步,他才开始写作。他不过是一个不甘就死的迷路者,他不过是"上穷碧落下黄泉"为灵魂寻找归宿的流浪汉。他还有心思去想当什么大师么?况且什么是大师呢?他能把我们救出到天堂么?他能给我们一个没有苦难没有疑虑的世界么？他能指挥命运如同韩信的用兵么？他能他还写的什么作？他不能他还不是跟我们一样，凭哪条算作大师呢？不过绝境焉有新境？不有新境何为创造？他只有永远看到更深的困苦，他才总能比别人创造得更为精彩；他来不及想当大师，恶浪一直在他脑际咆哮他才最终求助于审美的力量，在艺术中实现人生。不过确实是有大师的，谁创造得更为精彩谁就是大师。有一天人们说他是大师了，他必争辩说我不是，这绝不是人界的谦恭，这仍是置身天界的困惑——他所见出的人的困境比他能解决的问题多得多，他为自己创造的不足所忧扰所蒙蔽，不见大师。也有大师相信自己是大师的时候，那是在伟大的孤独中的忧愤的自信和自励，而更多的时候他们是在拼死地突围，唱的是"我们是世界，我们是孩子"（没唱我们是大师）。你也许能成为大师也许成不了，不如走自己的路置大师于不顾。大师的席位为数极少，群起而争当之，倒怕是大师的毁灭之路。大师是自然呈现的，像一颗流星,想不想当大师近乎一句废话。再说又怎么当法呢？遵照前任大师的路子走去？结果弄出来的常是抄袭或效颦之作。要不就突破前任大师的路子去走？可这下谁又知道那一定是通向大师之路呢？真正的大师是鬼使神差的探险家，他喜欢看看某一处被众人忘却的山顶上还有什么，他在没有记者追踪的黑夜里出发，天亮时，在山上，百分之九十九的可能是多了一具无名的尸体。只有百分之一的机会显现一行大师的脚印。他还可能是个不幸的落水者，独自在狂涛里垂死挣扎，百分之九十九的可能是葬身鱼腹连一个为他送殡的人也没有，只有百分之一的机会他爬上一片新的大陆。还想当吗？还想当！那就不如把那句话改为：不想下地狱的诗人就不是好诗人。尽管如此，你还得把兴趣从"好诗人"转向"下地狱"，否则你的欢乐没有保障，因为下了地狱也未必就能写出好诗来。

中国文坛的悲哀常在于元帅式的人际征服，作家的危机感多停留在社会层面上，对人本的困境太少觉察。"内圣外王"的哲学，单以"治国齐家平天下"为己任；为政治服务的艺术必仅仅是一场阶级的斗争；光是为四个现代化呐喊的文学呢，只是唤起人在物界的惊醒和经济的革命，而单纯的物质和经济并不能使人生获得更壮美的实现。这显然是不够的。这就像见树木不见森林一样，见人而不见全人类，见人而不见人的灵魂，结果是，痛苦只激发着互相的仇恨与讨伐，乐观只出自敌人的屈服和众人的拥戴，追求只是对物质和元帅的渴慕，从不问灵魂在暗夜里怎样号啕，从不知精神在太阳底下如何陷入迷途，从不见人类是同一支大军他们在广袤的大地上悲壮地行进被围困重重，从不想这颗人类居住的星球在荒凉的宇宙中应该闪耀怎样的光彩。元帅如此，不可苛求，诗人如此便是罪过，写作不是要为人的生存寻找更美的理由吗？

这里没有贬低元帅的意思，元帅就是元帅否则就不是元帅。而我们见过，元帅在大战之后的陈尸万千的战场上走过，表情如天幕一般沉寂，步态像伴着星辰的运行，没有胜利者的骄狂，有的是思想者的迷惘，他再不能为自己的雄风叱咤所陶醉，他像一个樵夫看见了森林之神，这时的元帅已进入诗人境界，这时他本身已成诗章。而诗人进入元帅的境界，我总觉得是件可怕的事，是件太可怕太荒唐的事。

五　文学分为几种以及雅俗共赏。

我看是有三种文学：纯文学、严肃文学和通俗文学。

纯文学是面对着人本的困境。譬如对死亡的默想、对生命的沉思，譬如人的欲望和人实现欲望的能力之间的永恒差距，譬如宇宙终归要毁灭那么人的挣扎奋斗意义何在等等，这些都是与生俱来的问题，不依社会制度的异同而有无。因此它是超越着制度和阶级，在探索一条属于全人类的路。当约翰逊跑出九秒八三的时候，当挑战者号航天飞机爆炸的时候，当大旱灾袭击非洲的时候，当那个加拿大独腿青年跑遍全球为研究癌症募捐的时候，当看见一个婴儿出生和一个老人寿终正寝的时候，我们无论是欢呼还是痛苦还是感动还是沉思，都必然地忘掉了阶级和制度，所有被称为人的生物一起看见了地狱并心向天堂。没有这样一种纯文学层面，人会变得狭隘乃至终于迷茫不见出路。这一层面的探索永无止境，就怕有人一时见不到它的社会效果而予以扼杀。

人当然不可能无视社会、政治、阶级，严肃文学便是侧重于这一层面。譬如贫困与奢华与腐败，专制与民主与进步，法律与虚伪与良知等等，这些确实与社会制度等等紧密联系着。文学在这儿为伸张正义而呐喊，促进着社会的进步，这当然是非常必要的，它的必要性非常明显。

通俗文学主要是为着人的娱乐需要，人不能没有娱乐。它还为人们提供知识，人的好奇心需要满足。

但这三种文学又常常是你中有我我中有他，难以画一条清晰的线。有一年朋友们携我去海南岛旅游，船过珠江口，发现很难在河与海之间画一条清晰的线，但船继续前行，你终于知道这是海了不再是河。所以这三种文学终是可以分辨的，若分辨，我自己的看法就是依据上述标准。若从文学创作是为人的生存寻找更可靠的理由，为了人生更壮美地实现这一观点看，这三种文学当然是可以分出高下的，但它们存在的理由却一样充分，因为缺其一则另外两种也为不可，文学是一个整体，正如生活是一部交响乐，存在是一个结构。

那么是不是每一部作品都应该追求雅俗共赏呢？先别说应不应该，先问可不可能。事实上不可能！雅俗共赏的作品是一种罕见的现象，而且最难堪的是，即便对这罕见的现象，也是乐其俗者赏其俗，知其雅者赏其雅。同一部《红楼梦》，因读者之异，实际上竟作了一俗一雅两本书。既然如此又何必非把雅俗捆绑在一部作品里不可呢？雅俗共赏不在于书而在于读者，读者倘能兼赏雅俗，他完全可以读了卡夫卡又读梁羽生，也可以一气读完了《红楼梦》。雅是必要的，俗也是必要的，雅俗交融于一处有时也是必要的，没有强求一律的理由。一定要说兼有雅俗的作品才是最好的作品，那就把全世界的书都装订在一起好了。这事说多了难免是废话。

六 现实主义的写作方法生命力最强吗？

我想现实主义肯定是指一种具体的写作方法（或方式），绝非是说"源于现实反映现实"就是现实主义，否则一切作品岂不都是现实主义作品了？因为任何一部作品都必曲曲折折地牵涉着生活现实，任何一位作家都是从现实生活中获取创作的灵感和激情的。只要细细品味就会明白，不管是卡夫卡还是博尔赫斯，也不管是科幻小说还是历史小说，都不可能不是"源于现实反映现实"〔注〕的。甚至说到历史,都是只有现实史,因为往事不可能原原本本地复制,人们只可能根据现实的需要和现有的认识高度来理解和评价历史。所以现实主义显然是单指一种具体的写作方法了。

这种写作方法最突出的一个特点就是:它是把形式和内容分开来对待的,认为内容就是内容;是第一位的,形式单是形式,位在其次,最多赞成内容与形式的和谐(但这仍然是分开来对待的结果)。总之最关键的一点——它认为内容是装在形式里面的,虽然应该装得恰当。这就让人想起容器,它可以装任何液体,只要保护得好,这容器当然永远可用。现实主义是一种容器,可以把所有的故事装于其中讲给我们大家听,故事在不断地发生着,它便永远有的可装,尽管有矮罐高瓶长脚杯也仍然全是为着装酒装油装水用,用完了可以再用还可以再用,只要其中液体常新,便不为抄袭,确凿是创造,液体愈加甘甜醇香,故事愈加感人深刻,便是无愧的创造。这就是现实主义写作方法长命的原因吧。

而以"形式即内容"为特征的一些现代流派,看似倒是短命，一派派一种种一代代更迭迅速，有些形式只被用过一次至几次便告收场，谁胆敢再用谁就有抄袭之嫌，人家一眼就认出你卖的是哪路拳脚，因而黯然而无创造之光荣了。这有时弄得现代派们很是伤心窝火。细想其实不必。形式即内容，形式即非容器，它毋宁说是雕塑，它是实心的是死膛的，它不能装酒装水装故事，它什么都不能装，它除了是它自己之外没别的用场可派，它的形式就是内容。你用它的形式岂不就是抄袭它的内容吗？所以一般它不讲故事，讲故事也不在于故事而在于讲。我想《李自成》换一种讲法也还是可以的，而且用这种方法还可以讲无数的故事。而《去年在马里昂巴》你就没办法给它换个形式，要换就只好等到"明年在马里昂巴"，而且你用这种形式所能讲的故事也是非常非常有限的。既作了"形式即内容"的一派，就必须在形式上不断创新，否则内容也一同沦为老朽，这不值得伤心窝火，对创造者来说这正是一派大好天地。正如把内容作首位的一派也必须在内容上时时更新一样。

　　这好像没什么，这不过是两条路没什么可争执的了。你能说谁比谁更有生命力呢？你一定要拿"形式即容器"的形式来和"形式即内容"的形式做比较，是不公正的，是叫风马牛拜天地。应该以前者的内容和后者的形式来比较，就清楚了，它们都需要不断地更新创造，它们也都有伟大的作品流传千古。

写到这儿又想起另外一个问题。我总以为"脱离时代精神"的罪名是加不到任何艺术流派头上的，因为艺术正是在精神迷茫时所开始的寻找，正是面对着现实的未知开始创造，没有谁能为它制定一个必须遵守的"时代精神"。它在寻找它在创造它才是艺术，它在哪个时代便是哪个时代的时代精神的一部分。

（注：说"反映"不如说"实现"。写作不是为了反映生活，而是以寻找以创造去实现人生，生命就是一个寻找和创造的过程，人以此过程而为人。因此它甚至不是一项事业，它更像一个虔诚而庄严的礼拜。"反映"只是脚印，人走路不是为了留下脚印，但人走路必会留下脚印，后人可以在这脚印上看出某种"反映"。）

七　有意味的形式从何而来?

有意味的形式,这指的当然不是"形式即容器"的形式,当然是"形式即内容"的形式。这内容不像装在容器里的内容那般了然,不是用各种逻辑推导一番便可以明晰的,它是超智力的,但你却可以感觉到它无比深广的内涵,你会因此而有相应深广的感动,可你仍然无能把它分析清楚。感觉到了的东西而未能把它分析清楚,这样的经验谁都有过,但这一回不同了,这一回不是"未能分析清楚",而是人的智力无能把它分析清楚。甚至竟是这样:你越是分析越是推理你就越是离它远,你干脆就不能真正感觉到它了。这儿是智力的盲点,这儿是悟性所辖之地。你要接近它真正感觉到它,就只好拜在悟性门下。(举个例子:死了意味着什么? 没人能证明,活人总归拿不出充分的证据,死人坚决不肯告诉我们,这可怎么分析又怎么分析得清楚? 我说死后灵魂尚存,你怎么驳倒我? 你说死了就什么都没有了,我承认我也拿你没办法。智力在这儿陷入绝境,便只好求助于悟性,在静悟之中感到死亡不同层次不同程度的意味，并作用于我们的生存。)所以将此种东西名之为"意味"，以区别装在容器里的那些明晰的内容。

意味着，可意会不可言传也。意味就不是靠着文字的直述，而是靠语言的形式。语言形式并不单指词汇的选择和句子的构造，通篇的结构更是重要的语言形式。所以要紧的不是故事而是讲。所以真正的棋家竟不大看重输赢，而非常赞叹棋形的美妙，后者比前者给棋家的感动更为深广。所以歌曲比歌词重要，更多的大乐曲竟是无需乎词的，它纯粹是一个形式，你却不能说它没有内容，它不告诉你任何一件具体的事理，你从中感到的意味却更加博大深沉悠远。所以从画册上看毕加索的画与在美术馆里看他的原作，感受会大大地不同，尺寸亦是其形式的重要因素。在照片上看海你说哦真漂亮，真到了海上你才会被震慑得无言以对。所以语言可以成为乐曲，可以成为造型，它借助文字却不是让文字相加，恰恰是整体大于部分之和，它以整体的形式给你意味深长的感动，你变了它的形式就变了甚至灭了它的意味。当然当然，语言有其不可克服的局限。没有没有局限的玩意儿。

一切形式，都是来自人与外部世界相处的形式。你以什么样的形式与世界相处，你便会获得或创造出什么样的艺术形式。你以装在世界里的形式与世界相处，它是它我是我，它不过容纳着我，你大概就仅相信"形式即容器"，你就一味地讲那些听来的见来的客观故事，而丝毫不觉察你的主观与这故事的连接有什么意味。当你感到人与世界是融为一体的，天人合一，存在乃是主客体的共同参与时，你就看到"形式即内容"了，孤立的事物是没有的，内容出于相关的结构，出于主客体的不可分割，把希特勒放在另一种结构里看，他也许不单是一名刽子手，而更是一只迷途的羔羊。你讲不清这结构都包含什么内容和多少内容，但你创造出与此同构的形式来，就全有了，全有了并不是清晰，只是意味深长随你去感动和发抖吧，浮想联翩。

"有意味的形式"各种各样，它们被创造出来，我猜不是像掷骰子那样撞到的运气，也是出自人与世界相处的不同形式。你仅仅在社会层面上与世界相处，倘由你来把《红楼梦》改编成电视剧的话,你当然会把贾宝玉的结局改为沿街乞讨之类。你以人类大军之一员的形式与世界相处,你大概才能体会,最后的战场为什么形同荒漠、教堂的尖顶何以指望苍天。你以宇宙大结构之一点的形式参与着所谓存在这一优美舞蹈,你就会感动并感恩于一头小鹿的出生、一棵野草的勃勃生气、一头母狼的呼号,以及风吹大漠雪落荒原长河日下月动星移和灯火千家,你泰然面对生死苦乐知道那是舞蹈的全部,你又行动起来不使意志沦丧,像已经出现了的"绿党"那样维护万物平等的权利,让精神之花于中更美地开放。所以我想,有意味的形式不是像玩七巧板那样玩出来的,它决定于创作者对世界的态度,就是说你与世界处于什么样的形式之中,就是说你把自己放在一个什么样的位置上。

人与世界相处的形式是无穷多的,就像一个小圆由一个大圆包含着,大圆又由更大圆包含着,以至无穷。我们不理解的东西太多了,我们的悟性永无止境。我们不会因为前人的艺术创造已然灿烂辉煌而无所作为,无穷的未知将赐予我们无穷的创造机会。感恩吧,唯此我们才不寂寞。

八　美是主观的。

我相信美是主观的。当你说一个东西是美的之时，其实只是在说明你对那东西的感受，而不是那东西的客观性质。美（或丑）是一种意义，一切意义都是人的赋予。没有主体参与的客体是谈不上意义的，甚至连它有没有意义这个问题都无从问起。若是反过来问呢：没有客观参与的主体又能谈得上什么意义呢？问得似乎有理，但我看这是另一个命题，这是关于存在的命题，没有客体即没有存在，因为没有客体，主体也便是没有依着无从实现的空幻，主客体均无便成绝对的虚空而不成存在。而现在的命题是，存在已为确定之前提时的命题，就是说主客体已经面对，意义从何而来？美从何而来？如果它是客体自身的属性，它就应该像化学元素一样，在任何显微镜下都得到一声同样的赞叹，倘若赞叹不同甚或相反得了斥骂，我们就无法相信它是客体自身的属性。你若说这是观察的有误，那就好了，美正是这样有误的观察。它是不同主体的不同赋予，是不同感悟的不同要求。漂亮并不是美。大家可以公认甲比乙漂亮，却未必能公认甲比乙美。随便一个略具风姿的少女都比罗丹的"老娼妇"漂亮，但哪一个更具美的意义却不一定，多半倒是后者。漂亮单作用于人的生理感观，仅是自然局部的和谐，而美则是牵涉着对生命意义的感悟，局部的不和谐可以在这个整体的意义中呈现更深更广的和谐。所以美仍是人的赋予，是由人对生命意义的感悟之升华所决定的。一个老娼妇站在街头拉客大约是极不漂亮的，但罗丹把这个生命历程所启示的意义全部凝固在一个造型中，美便呈现了。当然，谁要是把生命的意义仅仅理解成声色犬马加官进禄，"老娼妇"的美也便不能向谁呈现。美是主观的，是人敬畏于宇宙的无穷又看到自己不屈的创造和升华时的骄傲与自赏。

　　我差不多觉得上述文字都是废话，因为事情过于明白了。但是一涉及到写作，上述问题又似乎不那么明白了，至少是你明白我明白而某些管我们的人不明白。譬如：凭什么要由某人给我们规定该写什么和不该写什么呢？如果美单出自他一个人的大脑当然也可以，但已经没人相信这是可能的事了。

如果美是唯一的一碗饭，这碗饭由他锁在自己的柜橱里，在喜庆的日子他开恩拨一点在我们的碗里让我们也尝尝，如果是这样当然就只好这样。但可惜不是这样。很不凑巧美不是这样的一碗饭。美是每一个精神都有能力发展都有权去创造的，我们干吗要由你来告诉我们？尤是我们干吗要受你的限制？再譬如深入生活，凭什么说我们在这儿过了半辈子的生活是不深入的生活，而到某个地方待三个月反倒是深入的？厂长知道哪儿有什么土特产令采购员去联系进货，李四光懂得哪儿有石油带工人们去钻井，均收极佳效果。但美不是哪方土特产也不是矿物，处处皆有美在正像人人都可做佛，美弥漫于精神的弥漫处。渴望自由的灵魂越是可以在那儿痛享自由，那儿的美便越是弥漫得浓厚，在相反的地方美变得稀薄。进一步说，美的浓厚还是稀薄，决定于人的精神的坚强还是孱弱，不屈还是奴化，纯净还是污秽，生长创造还是干涸萎缩，不分处所。你被押送到地狱，你也可以燃起悲壮的烈火，你人云亦云侥幸得上天堂，你也可能只是个调戏仙女的猪八戒。与通常说到真理时的逻辑一样，美也是在探索与创造中，她不归谁占有因而也不容谁强行指令。"天蓬元帅"因要强占造化之美，结果只落得个嘴长耳大降为人间的笑料。

美除了不畏强权不以物喜之外，还不能容忍狡猾智力的愚弄。她就是世界她就是孩子——原始艺术之美的原因大约就在于此，他们从天真的梦中醒来，还不曾沾染强权、物欲和心计的污垢，只相信自己心灵的感悟，无论是敬仰日月，赞颂生命，畏于无常，祈于歌舞，都是一味的纯净与鲜活。而原始艺术一旦成为时髦，被人把玩与卖弄，真的，总让人想起流氓。除非她是被真正的鉴赏家颤抖着捧在怀中被真正的创造者庄严地继承下去！原始的艺术在揪心地看着她的儿孙究竟要走一条什么路。儿孙们呢，他们遥想人类的童年仿佛告别着父母，看身前身后都是荒芜，便接过祖先的梦想，这梦想就是去开一条通往自由幸福之路——就是这么简单又是这么无尽无休的路。

九 童心是最美的吗？

假如人不至于长大，童心就是最美的一直是最美的。可惜人终归要长大,从原始的淳朴走来必途经各类文明,仅具童心的稚拙就觉不够。常见淳朴的乡间一旦接触了外界的文明,便焦躁不安民风顿转;常见敦厚的农民一旦为商人的伎俩所熏染,立刻变得狡狯油滑。童心虽美却娇嫩得不可靠。中国的文化传统中,有一种怕孩子长大失了质朴干脆就不让孩子长大的倾向,这是极糟糕的事。我在另一篇文章中写过这样的话:"企图以减欲来逃避痛苦者,是退一步去找和谐,但欲望若不能消灭干净便终不能逃脱痛苦,只好就一步步退下去直至虽生犹死,结果找到的不是和谐而是毁灭。中国上千年来的步步落后肯定与此有关,譬如'民可使由之,不可使知之',譬如闭关自守,譬如倘爱情伴着痛苦便不如不要爱情而专门去制造孩子,倘世上有强奸犯便恨天下人何以不都是太监。世界上的另一种文化则主张进一步去找和谐,进一步而又进一步,于是遥遥地走在我们前头,而且每进一步便找到一步的和谐,永远进一步便永在和谐中。"我想这就是东西方文化最大的不同点之一。还是让孩子长大吧,让他们怀着亘古的梦想走进异化的荒原中去吧,在劫难逃。真正的悟性的获得，得在他们靠了雄心勃勃的翅膀将他们捧上智力的天空翱翔之后重返人间之时。他们历经劫难不再沾沾自喜于气壮山河，知困苦之无边，知欢乐乃为无休止的超越，知目的即是过程，知幸福唯在自我的升华与完善，知物质无非为了精神的实现所设置，知不知者仍是无穷大唯心路可与之匹敌，那时他们就已长大，重归大地下凡人间了。他们虽已长大却童心不泯绝无沮丧，看似仍一如既往覆地翻天地追求追求追求，但神情已是泰然自若，步履已是信马由缰，到底猜透了斯芬克斯的谜语。他们在宇宙的大交响乐中隐形不见，只顾贪婪地吹响着他们的小号或拉着大提琴，高昂也是美哀伤也是美，在自然之神的指挥下他们挥汗如雨，如醉如痴直至葬身其中。这不再只是童心之美，这是成熟的人的智慧。

这时再回过头去看那原始艺术，才不至于蜂拥而去蛮荒之地以为时髦，才不至于卖弄风情般地将远古的遗物缀满全身，这时他们已亲身体会了祖先的梦想，接过来的与其说是一份遗产毋宁说是一个起点，然后上路登程，漂泊创造去了。

十　关于人道主义。

关于人道主义，我与一位朋友有过几次简短的争论。我说人道主义是极好的，他说人道主义是远远不够的。我一时真以为撞见了鬼。说来说去我才明白，他之所以说其不够，是因为旧有的人道主义已约定俗成仅具这样的内涵：救死扶伤、周贫济困、怜孤恤寡等等。这显然是远远不够。我们所说的极好的人道主义是这样的：不仅关怀人的肉体，更尊重和倡导人的精神自由实现。倘仅将要死的人救活，将身体的伤病医好，却把鲜活的精神晾干或冷冻，或加封上锁牵着她游街，或对她百般强加干涉令其不能自由舒展，这实在是最大的不人道。人的根本标志是精神，所以人道主义应是主要对此而言。于是我的朋友说我：你既是这样理解就不该沿用旧有的概念，而应赋予它一个新的名称。以便区分于旧有概念所限定的内涵。我想他这意见是对的。但我怎么也想不出一个新的名称。直到有一天我见一本书上说到黑泽明的影片，用了"空观人道主义"这么一个概念，方觉心中灵犀已现。所谓"空观人道主义"大概是说：目的皆是虚空，人生只有一个实在的过程，在此过程中唯有实现精神的步步升华才是意义之所在。这与我以往的想法相合。现在我想，只有更重视了过程，人才能更重视精神的实现与升华，而不致被名利情的占有欲（即目的）所痛苦所捆束。精神升华纯然是无休止的一个过程，不指望在任何一个目的上停下来，因而不会怨天之不予地之不馈，因而不会在怨天尤人中让恨与泪拥塞住生命以致委委琐琐。肉体虽也是过程，但因其不能区分于狗及其他，所以人的过程根本是心路历程。可光是这样的"空观"似仍不够。目的虽空但必须设置，否则过程将通向何方呢？哪儿也不通向的过程又如何能为过程呢？没有一个魂牵梦绕的目标，我们如何能激越不已满怀豪情地追求寻觅呢？无此追求寻觅，精神又靠什么能获得辉煌的实现呢？如果我们不信目的为真，我们就会无所希冀至萎靡不振。如果我们不明白目的为空，到头来我们就难逃绝望，既不能以奋斗的过程为乐，又不能在面对死亡时不惊不悔。这可真是两难了。也许我们必得兼而做到这两点。这让我想起了神话。

在我们听一个神话或讲一个神话的时候,我们既知那是虚构,又全心沉入其中,随其哀乐而哀乐,伴其喜怒而喜怒,一概认真。也许这就是"佛法非佛法,佛法也"吧。神话非神话,神话也——我们从原始的梦中醒来,天地间无比寂寞,便开始讲一个动人的神话给生命灌入神采,千万个泥捏的小人才真的活脱了,一路走去,认真地奔向那个神话,生命也就获得了真实的欢愉。就是这样。但我终不知何以名之,神话人道主义?审美人道主义?精神人道主义?空观人道主义?不知道。但有一点是清楚的:中国传统文化中第二个最糟糕的东西就是仅把人生看成生物过程,仅将人当做社会工具,而未尊重精神的自由权利与实现,极好的人道主义绝不该是这样的。

说到传统,也许不该把它理解为源,而应理解为流。譬如老子的原话究竟是什么意思,这是不重要的,重要的是它在几千年的历史中以什么意义在起作用。将其理解为流还有一个好处,即是说它还要发展还要奔流,还要在一个有机的结构中起到作用,而不是把旧有的玩意儿搬出来硬性拼凑在现实中。

以上文字与"学术"二字绝不沾边,我从来敬畏那两个字,不敢与之攀亲,正在这时来了一位朋友,向我传达了一位名人的教导:"人一思索,上帝就发笑。"我想就把我这篇喃喃自语题为"答自己问"吧,《作家》愿意刊用,我也很高兴,供上帝和人民发笑。

猛地想起一部电视片中的一段解说词:"有一天,所有被关在笼子里驯养的野生动物,将远离人类,重现它们在远古时代自由自在的生活,那一天就是野生动物的节日。"我想,那一天也将是人类的节日,人不再想统治这个世界了,而是要与万物平等和睦地相处,人也不再自制牢笼,精神也将像那欢庆节日的野生动物一样自由驰骋。譬如说:一只鼹鼠在地下喃喃自语,一只苍鹰在天上哧哧发笑,这都是多么正常,霸占真理的暴君已不复存在。

1987 年 10 月 23 日

自言自语

一 说小说无规矩可言也对，说小说还是有一些规矩也对，这看怎么说了。

世上没有没有规矩的东西，没有规矩的东西就不是东西就什么都不是，所以没有。在这个意义上说，小说当然是有一些规矩的。譬如，小说总得用着语言；譬如，小说还不能抄袭（做衣服、打家具、制造自行车就可以抄袭）。小说不能是新闻报道，新闻报道单纯陈述现象，而小说不管运用什么手法，都主要是提供观照或反省现象的新角度（新闻报道与新闻体小说之间的差别，刚好可以说明这一点）。小说不能是论文，论文是循着演绎和归纳的逻辑去得出一个科学的结论。小说不是科学，小说是在一个包含了多种信息和猜想的系统中的直觉或感悟，虽然也可以有思辨但并不指望有精确的结论。在智力的盲点上才有小说之位置，否则它就要让位于科学（这样说绝不意味着贬低或排斥科学。但人类不能只有科学，在科学无能为力的地方，要由其他的什么来安置人的灵魂）。小说也不能是哲学，哲学的对象和目的虽与科学相异，但其方法却与科学相同，这种方法的局限决定了哲学要理解"一切存在之全"时的局限。在超越这局限的愿望中，小说期待着哲理，然而它期待哲理的方法不同于哲学，可能更像禅师讲公案时所用的方法，那是在智力走入绝境之时所获得的方法，那是放弃了智力与功利之时所进入的自由与审美的状态（这让我想起了很多存在主义大师竟否认存在主义是哲学，他们更热衷于以小说来体现他们的哲理）。小说还不能是施政纲领、经济政策、议会提案；小说还不能是英模报告、竞选演说、专题座谈。还可以举出一些小说不是什么的例子，但一时举不全。总之，小说常常没有很实用的目的，没有很确定的结论以及很严谨的逻辑。但这不等于说它荒唐无用。和朋友毫无目的毫无顾忌地聊聊天。这有用吗？倘若消灭那样的聊天怎么样？人势必活成冰冷的机器或温暖的畜类。

好像只能说小说不是什么,而很难说它是什么,这就说明小说还有无规矩可言的一方面(说小说就是小说,这话除了显得聪明之外,没有其他后果)。我想,最近似小说的东西就是聊天,当然不是商人式的各怀心计的聊天,也不是学者式的三句话不离学问的聊天,也不是同志式的"一帮一,一对红"的聊天,而纯粹是朋友之间忘记了一切功利之时的自由、倾心、坦诚的聊天。人为什么要找朋友聊聊天?因为孤独,因为痛苦和恐惧。即便是有欢乐要与朋友同享,也是因为怕那欢乐在孤独中减色或淹没。人指望靠这样的聊天彻底消灭人的困境吗?不,他知道朋友也是人也无此神通。那么他到朋友那儿去找什么呢?找真诚。灵魂在自卑的伪饰中受到压迫,只好从超越自卑的真诚中重获自由。那么在这样的聊天中还要立什么规矩呢?在这样的聊天中,悲可以哭吗?怒可以骂吗?可以怯弱颓唐吗?可以痴傻疯癫吗?可以陶醉于一个不切实际的幻想吗?可以满目迷茫满腹牢骚吗?可以谈一件很真实的事也可以谈一个神秘的感觉吗?可以很形象地讲一个人也可以很抽象地讲一种观点吗?可以有条不萦万川归海地讲一个故事，也可以东一榔头西一棒子地任意胡侃神聊吗？可以聊得豪情满怀乐观振奋，也可以聊得心灰意冷悲观失望吗？可以谈吐文雅所论玄妙高深，也可以俗话连篇尽述凡人琐事吗？……当然都是可以的，无规矩可言。唯独不能有虚伪。无规矩的规矩只剩下真诚。智力与科学的永恒局限，意味着人最终是一堆无用的热情，于是把真诚奉为圭臬奉若神明。有真诚在就不会绝望，生命就有了救星，生命就可以且天且地尽情畅想任意遨游了，就快要进入审美之境就快要立命于悟性之地了。

（顺便说一句：真诚并不能化悲观为乐观，而只是把悲观升华为泰然，变作死神脚下热烈而温馨的舞蹈。）

在这种意义上，小说又有什么规矩可言呢？小说一定要塑造出栩栩如生的人物？要结构好起伏曲折的故事？要令人感动？要有诗意或不能有诗意？要有哲理或千万别暴露哲理？不可不干预现实或必须要天马行空？要让人看了心里一星期都痛快都振奋，就不能让人看了心里七天都别扭都沉闷？一定要深刻透顶？一定要气壮山河？一定要民族化或一定要现代主义？一定要懂得陶罐或一定要摆弄一下生殖器？一定要形象思维而一定不能形而上？……（假设已经把历来的规矩全写在这儿了。）但是这些规矩即便全被违背，也照样会有好的小说产生。小说的发展，大约正在于不断违背已有的规矩吧。小说的存在，可能正是为了打破为文乃至为生的若干规矩吧。活于斯世，人被太多的规矩折磨得喘不过气来，伪装与隔膜使人的神经紧张得要断，使每一个人都感到孤独感到软弱得几乎不堪一击，不是人们才乞灵于真诚倾心的交谈吗？不是为了这样的交谈更为广泛，为了使自己真切的（但不是智力和科学所能总结的）生存感受在同类那儿得到回应，从而消除孤独以及由孤独所加重的痛苦与恐惧，泰然自若地承受这颗星球这个宇宙和这份命运，才创造了小说这东西吗？就小说而言，亘古不变的只有梦想的自由、实在的真诚和恰如其分的语言传达。还要什么必须遵守的规矩呢？然而有时人真的没出息透了，弄来弄去把自由与真诚弄去了不说，又在这块净土上拉屎一样地弄出许多规矩，弄得这片圣地满目疮痍，结果只是规矩的发明者头上有了神光，规矩的推行者得以贩卖专制，规矩的二道贩子得一点小利，规矩的追随者被驱赶着被牵引着只会在走红的流派脚下五体投地殊不知自己为何物了。真诚倾心的交谈还怎么能有？伪装与隔膜还怎么能无？面对苍天的静悟为面对市场的机智所代替，圣地变作鬼域。人们念及当初，忽不知何以竟作起小说来。为人的根被刨了烧了，哪儿寻去？所以少来点规矩吧。唯独文学艺术不需要竞争，在这儿只崇尚自由、朴素、真诚的创造。写小说与交朋友一样，一见虚伪，立刻完蛋。

二　小说的朴素，说白了就是创作态度的老实。

当然不是说"只许老实交待，不许乱说乱动"的那种老实。而是说：不欺骗朋友，不戏耍朋友，不吓唬朋友，不卖弄机智存心让朋友去惭愧，也不为了讨好朋友而迁就朋友。对朋友把心掏出来就得，甭扯淡。

在这种情况下，朴素一词并不与华丽、堂皇对立，也不与玄妙、深奥对立，并非"我家住在黄土高坡"就一定朴素，你家造了航天飞机就一定不朴素。别到外面去寻找朴素，朴素是一种对人对世界的态度，哪儿都可以有，哪儿都可以无。

这朴素绝不是指因不开化而故有的愚钝，绝不是指譬如闭塞落后的乡间特产的艰辛和单纯。那些东西是靠不住的。孩子总要长大，偏僻的角落早晚也要步入现代文明。真正的朴素大约是：在历尽现世苦难、阅尽人间沧桑、看清人的局限、领会了"一切存在之全"的含义之时，痴心不改，仍以真诚驾驶着热情，又以泰然超越了焦虑而呈现的心态。这是自天落地返璞归真，不是顽固不化循环倒退。不是看破红尘灰心丧气，而是赴死之途上真诚的歌舞。这时凭本能凭直觉便会发现，玩弄花活是多么不开明的浪费。

三 人有三种根本的困境，于是人有三种获得欢乐的机会。

第一，人生来注定只能是自己，人生来注定是活在无数他人中间并且无法与他人彻底沟通。这意味着孤独。第二，人生来就有欲望，人实现欲望的能力永远赶不上他欲望的能力，这是一个永恒的距离。这意味着痛苦。第三，人生来不想死，可是人生来就是在走向死。这意味着恐惧。

上帝用这三种东西来折磨我们。

不过有可能我们理解错了,上帝原是要给我们三种获得欢乐的机会。假如世界上只有我,假如我又没有欲望(没有欲望才能不承受那种距离),假如这样我还永远不死,我岂不就要成为一堆无可改变的麻木与无尽无休的沉闷了?这样一想,我情愿还是要那三种困境。我想,写小说之所以挺吸引我,就是因为它能帮我把三种困境变成既是三种困境又是三种获得欢乐的机会。

四 可以说小说就是聊天,但不能说聊天就是小说。

聊天完全可以是彻底的废话,但小说则必须提供看这世界这生命的新的角度(也许通俗小说可以除外)。通过人物也好,通过事件、情绪、氛围、形式、哲理、暗示都好,但不能提供新角度的便很难说是创作,因而至少不能算好小说。

然而,彻底废话式的聊天却可以在作家笔下产生丰富的意味,这是怎么回事?这是因为他先把我们带离那个实在的、平面的、以常规角度观照着的聊天,然后把我们带到一个或几个新的位置上，带进一个新的或更大的系统中，从一个或几个新角度再作观照，常规的废话便有了全新的生命。就像宇航员头一次从月亮上看地球，从那个角度上所感受到的意味和所发出的感慨，必不是我们以往从地球上看地球时所能有的。这大概就是人们常说的"间离效果"和"陌生化"吧。我们退离我们已经习惯了的位置，退离我们已经烂熟了的心态，我们才有创造的可能。您把您漂亮的妻子拥抱于你，她就仅仅是您的妻子，您从遥远的地方看她在空天阔野间行走，您才可能看到一个精灵般的女人。您依偎在母亲怀中您感受到母亲的慈爱，您无意间看她的背影您也许才会看到一个母亲的悲壮。小说主要是做着这样的事吧，这样的创造。

但这有什么用呢？那么阿波罗上了月球又有什么用呢？宇宙早晚要毁灭，一切又都有什么用呢？一切创造说到底是生命的自我愉悦。与其说人是在发现着无限的外在，毋宁说人是借外在形式证明自己无限的发现力。无限的外在形式，不过是人无限的内在发现力的印证罢了，这是人唯一可能得到的酬劳。（原始艺术中那些变形的抽象的图案和线条，只是向往创造之心的轨迹,别的什么都不是。)所以,与其说种种发现是为了维持生命,毋宁说维持生命是为了去作这种种发现,以便生命能有不尽的欢乐,灵魂能有普度之舟。最难堪的念头就是"好死不如歹活",因为死亡坚定地恭候着每一位寿星。认为"好死不如歹活"的民族,一般很难理解另外的人类热爱冒险是为了什么。

总之,写小说的人应该估计到这样两件事:

一,艺术的有用与产房和粮店的有用不一样。二,读小说的人,没有很多时间用来多知道一件别人的事,他知道知道不完。但是,读小说的人却总有兴趣换换角度看这个人间,虽然他知道这也没有个完。

五 现在很流行说"玩儿玩儿",无论写小说还是干别的什么事,都喜欢自称只是"玩儿玩儿",并且误以为这就是游戏人生的境界。

您认真看过孩子的游戏吗?认真看过也许就能发现,那简直就是人生的一个象征,一个缩影,一个说明。孩子的游戏有两个最突出的特点:一是没有目的,只陶醉于游戏的过程,或说游戏的过程即是游戏的目的;一是极度认真地"假装",并极度认真地看待这"假装"。("假装你是妈妈,他是孩子。""假装你是大夫你给他打针。""假装我哭了,假装你让我别哭。")当然,孩子的游戏还只是游戏,还谈不上"游戏境界"。当一个人长大了,有一天忽然透悟了人生原来也不过是一场游戏,也是无所谓目的而只有一个过程,然后他视过程为目的,仍极度认真地将自己投入其中如醉如痴,这才是"游戏境界"。

而所谓"玩儿玩儿"呢?开始我以为是"游戏境界"的同义语,后来才知道它还有一个注脚:"别那么认真,太认真了会失望会痛苦。"他怕失望,那么他本来在希望什么呢?显然不是希望一个如醉如痴的过程,因为这样的过程只能由认真来维系。显然他是太看重了目的,看重了而又达不到,于是倍感痛苦,如果又受不住这痛苦呢?当然就害怕了认真,结果就"玩儿玩儿"算了。但好像又没有这么便宜的事,"玩儿玩儿"既是为了逃避痛苦,就说明痛苦一直在追得他乱跑。

这下就看出"玩儿玩儿"与"游戏境界"的根本相反了。一个是倾心于过程从而实现了精神的自由、泰然和欢乐,一个是追逐着目的从而在惊惶、痛苦和上当之余,含冤含怨故作潇洒自欺欺人。我无意对这两种情况作道德判断,我单是说:这两件事根本不一样(世上原有很多神异而形似的东西。譬如性生活与耍流氓,其实完全不一样)。我是考虑到,"玩儿玩儿"既然不能认真,久而久之必降低兴致,会成了一件太劳累太吃亏的事。

我想,认真于过程还是最好的一件事。世上的事不怕就不怕这样的认真,一旦不认真了就可怕了。认真是灵魂获取酬劳的唯一途径。小说是关乎灵魂的勾当,一旦失魂落魄,一切"玩儿玩儿"技法的构想,都与洗肠和导尿的意义无二。小说可以写不认真的人,但那准是由认真的人所写并由认真的人去看,可别因为屡屡写不好就推脱说自己没认真,甚至扬言艺术原就是扯淡,那样太像吃不到甜葡萄的酸狐狸了。

六　我觉得，艺术（或说美——不等于漂亮的美）是由敬畏和骄傲这两种感情演成的。

自然之神以其无限的奥秘生养了我们，又以其无限的奥秘迷惑甚至威胁我们，使我们不敢怠慢不敢轻狂，对着命运的无常既敬且畏。我们企望自然之母永远慈祥的爱护，但严厉的自然之父却要我们去浪迹天涯自立为家。我们不得不开始了从刀耕火种到航天飞机的创造历程。日日月月年年，这历程并无止境，当我们千辛万苦而又怀疑其意义何在之时，我们茫然若失就一直没能建成一个家。太阳之火轰鸣着落在地平线上，太阳之光又多情地令人难眠，我们想起：家呢？便起身把这份辛苦、这份忧思、这份热烈而执着的盼望，用斧凿在石上，用笔画在墙上，用文字写在纸上，向自然之神倾诉，为了吁请神的关注，我们又奏起了最哀壮的音乐，并以最夸张的姿势展现我们的身躯成为舞蹈。悲烈之声传上天庭，悲烈之景遍布四野，我们忽然茅塞顿开听到了自然之神在赞誉他们不屈的儿子，刹那间一片美好的家园呈现了，原来是由不屈的骄傲建筑在心中。我们有了家有了艺术，我们再也不孤寂不犹豫，再也不放弃（而且我们知道了，一切创造的真正意义都是为了这个。所以无论什么行当，一旦做到极致，人们就说它是进入了艺术境界，它本来是什么已经不重要了，它现在主要是心灵的美的家园）。我们先是立了一面镜子，我们一边怀着敬畏滚动石头，一边怀着骄傲观赏我们不屈的形象。后来，我们不光能从镜子里，而且能从山的峻拔与狰狞、水的柔润与汹涌，风的和煦与狂暴，云的变幻与永恒，空间的辽阔与时间的悠久，草木的衰荣与虫兽的繁衍，从万物万象中看见自己柔弱而又刚劲的身影。心之家园的无限恰与命运的无常构成和谐，构成美，构成艺术的精髓。敬畏与骄傲，这两极！

七　智力的局限要由悟性来补充。科学和哲学的局限要由宗教精神来补充。真正的宗教精神绝不是迷信。说得过分一点：文学就是宗教精神的文字体现。

眼前有九条路，假如智力不能告诉我们哪条是坦途哪条是绝路（经常有这种情况），我们就停在九条路口暴跳如雷还是坐以待毙？当然这两种行为都是傻瓜所喜欢的方式。有智力的人会想到一条一条去试，智力再高一点的人还会用上优选法，但假设他试完了九条发现全是绝路（这样的事也经常有），他是破口大骂还是后悔不迭？倘若如此他就仅仅比傻瓜多着智力，其余什么都不比傻瓜强。而悟者早已懂得，即便九条路全是坦途，即便坦途之后连着坦途，又与九条全是绝路，绝路退回来又遇绝路有什么两样呢？无限的坦途与无限的绝路都只说明人要至死方休地行走，所有的行走加在一起便是生命之途，于是他无惧无悔不迷不怨认真于脚下，走得镇定流畅，心中倒没了绝路。这便是悟者的抉择，是在智性的尽头所必要的悟性补充。

智性与悟性的区别，恰似哲学与宗教精神的区别。哲学的末路通入宗教精神。哲学依靠着智力，运用着与科学相似的方法，像科学立志要为人间建造物质的天堂一样，哲学梦寐以求的是把人的终极问题弄个水落石出，以期根除灵魂的迷茫。但上帝设下的谜语，看来只是为了让人去猜，并不想让人猜破，猜破了大家都要收场，宇宙岂不寂寞凄凉？因而他给我们的智力与他给我们的谜语太不成比例，之间有着绝对的距离。这样，哲学越走固然猜到的东西越多，但每一个谜底都是十个谜面，又何以能够猜尽？期待着豁然开朗，哲学却步入云遮雾障，不免就有人悲观绝望，声称人大概是上帝的疏忽或者恶念的产物（这有点像九条绝路之上智性的大骂和懊丧）。在这三军无帅临危止步之际，宗教精神继之行道，化战旗为经幡，变长矛作仪仗，续智性以悟性，弃悲声而狂放（设若说哲学是在宗教之后发达起来的，不妨记起一位哲人说过的话："粗知哲学而离弃的那个上帝，与精研哲学而皈依的那个上帝，不是同一个上帝。"所以在这儿不说宗教，而是以宗教精神四个字与之区别，与那种步入歧途靠贩卖教条为生的宗教相区别）。如果宗教是人们在"不知"时对不相干事物的盲目崇拜，但其发自生命本源的固执的向往却锻造了宗教精神，宗教精神便是人们在"知不知"时依然葆有的坚定信念，是人类大军落入重围时宁愿赴死而求也不甘惧退而失的壮烈理想。这信念这理想不由智性推导出，更不由君王设计成，甚至连其具体内容都不重要（譬如爱情，究竟为了什么呢),毋宁说那是自然之神的佳作,是生命故有的趋向,是知生之困境而对生之价值最深刻的领悟。这样,它的坚韧不拔就不必靠晴空和坦途来维持,它在浩渺的海上,在雾罩的山中,在知识和学问捉襟见肘的领域和时刻,也依然不厌弃这个存在(并不是说逆来顺受),依然不失对自然之神的敬畏,对生命之灵的赞美,对创造的骄傲,对游戏的如醉如痴(假如这时他们聊聊天的话,记住吧,那很可能是最好的文学)。

总之,宗教精神并不敌视智性、科学和哲学,而只是在此三者力竭神疲之际,代之以前行。譬如哲学,倘其见到自身的迷途,而仍不悔初衷,这勇气显然就不是出自哲学本身,而是来自直觉的宗教精神的鼓舞,或者说此刻它本身已不再是哲学而是宗教精神了。既然我们无法指望全知全能,我们就不该指责没有科学根据的信心是迷信。科学自己又怎么样?当它告诉我们这个星球乃至这个宇宙迟早都要毁灭,又告诉我们"不必惊慌,为时尚早,在那个灾难到来之前,人类的科学早已发达到足以为人类找到另一个可以居住的地方了",这时候它有什么科学根据呢?如果它知道那是一个无可阻止的悲剧,而它又不放弃探索并兢兢业业乐此不疲,这种精神难道根据的是科学吗?不,那只是一个信心而已,或者说宁愿要这样一个信心罢了。这不是迷信吗?这若是迷信,我们也乐于要这个迷信。否则怎么办?死?还是当傻瓜?哀叹荒诞,抱怨别无选择,已经不时髦了,我们压根儿就是在自然之神的限定下去选择最为欢乐的游戏。坏的迷信是不顾事实、敌视理智、扼杀众人而为自己牟利的骗局(所以有些宗教实际已丧失了宗教精神,譬如"文革"中的疯狂、中东的战火)。而全体人类在黑暗中幻想的光明出路,在困惑中假设的完美归宿,在屈辱下臆造的最后审判,均非迷信。所以宗教精神天生不属于哪个阶级,哪个政治派别,那些被神化了的个人,它必属于全人类,必关怀全人类,必赞美全人类的团结,必因明了物之目的的局限而崇尚美之精神的历程。它为此所创造的众神与天界也不是迷信,它只是借众神来体现人的意志,借天界来俯察人的平等权利(没有天赋人权的信念,就难有法律面前人人平等的觉醒。而天赋人权和君权神授,很可以看作宗教精神与迷信的分界)。

这样的宗教精神,拿来与艺术精神作一下比照,想必能得到某种深刻的印象。

八 一支疲沓的队伍,一个由傲慢转为自卑的民族,一伙散沙般失去凝聚力的人群,需要重建宗教精神。

缺乏宗教精神的民族,就如同缺乏爱情或不再渴望爱情的夫妻,不散伙已属奇观,没法再要求他们同舟共济和心醉神迷。以科学和哲学为标准给宗教精神发放通行证,就如同以智力和思辨去谈恋爱,必压抑了生命的激情,把爱的魅力耗尽。用政治和经济政策代替宗教精神,就如同视门第和财产为婚配条件,不惜儿女去做生育机器而成了精神的阉人。

宗教精神不是科学,而政治和经济政策都是科学(有必要再强调一下:宗教精神并不反对科学、政治和经济政策,就像爱情并不反对性知识、家政和挣钱度日,只是说它们不一样,应当各司其职)。作为宗教精神的理想,譬如大同世界、自由博爱的幸福乐园、各尽所能各取所需的完美社会等等,不是起源于科学（谁能论证它们的必然实现？谁能一步步推导出它们怎样实现？），而仅仅是起源于生命的热望，对这种理想的信仰是生命无条件的接受。谁让他是生命呢？是生命就必得在前方为自己树立一个美好的又不易失落的理想，生命才能蓬勃。这简直就像生命的存在本身一样，无道理好讲，唯其如此，在生命枯萎灭亡之前，对它的描述可以变化，对它的信仰不会失落，它将永远与旺盛的生命互为因果。而作为政治和经济的理想却必须是科学的，必须能够一步步去实现，否则就成了欺世。但它即便是科学的，科学尚不可全知全能，人们怎能把它作为无条件的信仰来鼓舞自己？即便它能够实现，但实现之后它必消亡，它又怎么能够作为长久的信仰以使生命蓬勃？因此，任何政治和经济的理想都不能代替宗教精神的理想，作为生命永恒或长久的信仰。

科学家、政治家和经济家，完全没有理由惧怕宗教精神，也不该蔑视它。一切科学、政治、经济将因生命被鼓舞得蓬勃而更趋兴旺发达。一对男女有了爱情，有了精神的美好憧憬与信念，才更入迷地治理家政、探讨学问、努力工作并积起钱财来买房也买一点国库券——所谓活得来劲者是也。爱情真与宗教精神相似，科学没法制造它，政治没法设计它，经济没法维持它。如果两口子没了爱情只剩下家政，或者压根儿就是以家政代替爱情，物质的占有成了唯一理想，会怎么样呢？焦灼吧，奔命吧，乏味吧，麻木吧，最后可能是离婚吧分家吧要不就强扭在一块等死吧，这个家渐渐熄了"香火"灭了生气，最多留一点往日幸福昌盛的回忆。拿这一点回忆去壮行色，阿Q爷还魂了。

有一种婚礼是在教堂中进行，且不论此教如何，也不论这在后来可能仅是习俗，但就其最初的动机而言，它是这样一种象征：面对苍天（即无穷的未知、无常的命运），两个灵魂决心携手前行，不是为了别的而是为了爱情，这种无以解释无从掌握的愿望只有神能懂得，他们既祈神的保佑也发誓不怕神的考验。另一种婚礼是在家里或饭店举行，请来之亲朋越多，宴席的开销越大，新郎新娘便越多荣耀。然后叩拜列祖列宗，请他们放心：传宗接代继承家业的子宫已经搞到。这也是一种象征，是家政取代爱情的象征，是求繁衍的动物尚未进化成求精神的动物的象征，或是精神动物退化为经济动物的象征。这样的动物终有一天会对生命的意义发出疑问，从而失落了原有的信仰，使政治和经济也萎靡不振。因为信仰必须是精神的，是超世务的激情，是超道德的奇想。

我很怀疑"内圣外王"之道可以同时是哲学又是宗教精神。我很怀疑这样的哲学能不被政治左右，最终仍不失为非伦理非实用的学术。我很怀疑在这样的哲学引导下，一切知识和学术还能不臣服于政治而保住自己的独立地位。我很怀疑这样的哲学不是"艺术为政治服务"的根源。我怀疑可以用激情和奇想治政，我怀疑单有严谨的政治而没了激情和奇想怎么能行。

我不怀疑，艺术有用政治也有用。我不怀疑，男人是美的女人也是美的，男人加女人可以生孩子，但双性人是一种病，不美也不能生育。我不怀疑，阴阳相悖相承世界才美妙地运动，阴阳失调即是病症，阴阳不分则是死相。我不怀疑，宗教精神、哲学、科学、政治、经济……应当各司其职，通力合作，但不能互相代替。

如果宗教精神丢失了，将怎样重建呢？这是个难题。它既是源于生命的热望，又怎么能用理智去重建呢（要是你笑不出来，我胳肢你你也是瞎笑，而我们要的是发自内心的真笑）？但解铃还需系铃人，先问问：它既是生命的热望，它又是怎么丢失了的呢？

在我的记忆里，五十年代，人们虽不知共产主义将怎样一步步建成（有科学社会主义，并无科学共产主义）。但这绝不妨碍人们真诚地信仰它，人们信仰它甚至不需要说服，因为它恰是源于生命热望的美好理想，或恰与人们热望的美好理想相同。但后来有人用一种错误的政治冒名顶替了它，并利用了人们对它的热诚为自己牟利（譬如"四人帮"），神不知鬼不觉地把它变成了一个坏迷信，结果人们渐渐迷失于其中，不但失去了对它的信仰，甚至对真诚、善良都有了怀疑，怎么会不疲沓不自卑不是一盘散沙？那么正确的政治可以代替它吗？（正确的家政可以代替爱情吗？）不能，原因至少有三：一来它们是运用着两套不同的方法和逻辑；二来这样容易使坏政治钻空子（就像未经法律程序杀掉了一个坏蛋,便给不经法律程序杀掉十个好人和一个国家主席做了准备那样,给"四人帮"一类政治骗子留了可乘之机)。三来,人们一旦像要求政治的科学性和现实性(要实现)那样要求理想的幸福乐园,岂不是政治家给自己出难题?所以,当我们说什么什么理想一定要实现时,我们一定要明白这也是一个理想。理想从来不是为实现用的,而是为了引着人们向前走,走出一个美好的过程。这样说倒不怕人们对理想失望,除非他不活,否则他必得设置一个经得住摔打的理想——生命的热望使之然。不要骗着他活,那样他一旦明白过来倒失望得要死。让人们自由自在地活,人们自会沉思与奇想,为自己描述理想境界,描述得越来越美好越崇高,从而越加激励了生命,不惧困境,创造不止,生本能战胜死本能,一切政治、经济、科学、艺术才会充满朝气,更趋精彩完美,一伙人群才有了凝聚力。当人们如此骄傲着生命的壮美之时,便会悟出这就是理想的实现。当人们向着生命热望的境界一步步走着的时候,理想就在实现着,理想只能这样实现,不必抱歉。

这下就有点明白了，重建宗教精神得靠养，让那被掠夺得已然贫瘠的土地歇一歇重新肥沃起来，让迷失了疲乏了的人们喘一口气自由地沉思与奇想，人杰地灵好运气就快来了。

文学就是这样一块渴望着肥沃的土地，文学就是这样的自由沉思与奇想，不要以任何理由掠夺它、扼杀它、捆缚它，当然也别拔苗助长。不知这事行不行。

九 文学是创作，创作既是在无路之处寻路，那么，怎么能由文学批评来给它指路呢？可是，文学批评若不能给文学指路，要文学批评干吗用？

文学批评千万别太依靠了学问来给文学指路（当然，更不能靠政策之类），文学恰是在学问大抵上糊涂了的地方开始着创造，用学问为它指路可能多半倒是在限制它。你要人家探索，又要规定人家怎样探索，那就干脆说你不想让人家探索；倘探索的权利被垄断，就又快要成为坏迷信了。文学批评的指路，也许正是应该把文学指引到迷茫无路的地域去，把文学探索创造的权利完全承包给文学。对创造者的尊重，莫过于把它领到迷宫和死亡之谷,看他怎么走出来怎么活过来。当然不能把他捆得好好的,扔在那儿,除此之外,作为作家就不再需要别的,八抬大轿之类反倒耽误事。

禅宗弟子活得迷惑了,向禅宗大师问路,大师却不言路在何处,而是给弟子讲公案。公案,我理解就是用通常的事物讲悖论,悖论实在就是智力和现有学问的迷茫无路之地。大师教其弟子在这儿静悟沉思,然后自己去开创人生之路。悟性就在你脚下,创造就在你脚下,这不是前人和旁人、智力和学问能管得了的。

文学批评给文学指路,也许应该像禅宗大师给其弟子指路,文学才不致沦为一门仿古的手艺,或一项摘录学问的技术。

文学批评当然不仅是为了给文学指路,还有对文学现象的解释、帮助读者理解作品等等其他任务。这是另外的问题。

十 现代物理学及东方神秘主义及特异功能,对文学的启示。

我不精通物理学,也不精通佛学、道学、禅学,我也没有特异功能。我斗胆言及它们,纯属一个文学爱好者出于对神秘未知事物的兴趣,因为那是生命存在的大背景。

过去的经典物理学一直在寻找,组成物体的纯客观的不可分的固体粒子。但现代物理学发现:"这些粒子不是由任何物质性的材料组成的,而是一种连续的变化,是能量的连续'舞蹈',是一种过程。""物质是由场强很大的空间组成的……并非既有场又有物质,因为场才是唯一之实在。""质量和能量是相互转换的,能量大量集中的地方就是物体,能量少量存在的地方就成为场。所以,物质和'场的空间'并不是完全不同性质的东西,而不过是以不同形态显现而已。"这样就取消了找到"不可分的固体粒子"的希望。

现代物理学的"并协原理"的大意是:"光和电子的性状有时类似波,有时类似粒子,这取决于观察手段。也就是说它们具有波粒二象性,但不能同时观察波和粒子两方面。可是从各种观察取得的证据不能纳入单一图景,只能认为是互相补充构成现象的总体。"现代物理学的"测不准原理"是说:"实际上同时具有精确位置和精确速度的概念在自然界是没有意义的。对一个可观测量的精确测量会带来测量另一个量时相当大的测不准性。"这就是说，我们任何时候对世界的观察都必然是顾此失彼的。这就取消了找到"纯客观"世界的希望。"找到"本身已经意味着出现的参与。

现代物理学的"嵌入观点"认为：我们是嵌入在我们所描述的自然之中的。说世界独立于我们之外而孤立地存在着这一观点，已不再真实了。在某种奇特的意义上，宇宙本是一个观察者参与着的宇宙。现代宇宙学的"人择原理"得出这样的结论："客体不是由主体生成的，客体并不是脱离主体而孤立存在的。"

上述种种，细思，与佛、道、禅的"空""无形""缘起""诸行""万象唯识"等等说法非常近似或相同。（有一本书叫做《现代物理学和东方神秘主义》，那里面对此讲得清楚，讲得令人信服。）

看来我们休想逃出我们的主观去，休想获得一个纯客观的世界。"通过感觉认识的物质是唯一的现实世界"——这话可是恩格斯说的。这样，我们还能认为美是客观的吗？还能认为文学可以完全客观地反映什么吗？还能认为（至少在文学上）有个唯一正确的主义或流派吗？还能要求不同心灵中的世界都得是写实的、清晰的、高昂微笑的世界吗？尤其对于人生，还能认为只有一家真理吗？……

特异功能有什么启示呢？特异功能证明了精神（意念）也是能量存在的一种形态（而且可能是一种比物体更为"大量集中"的能量），因而它与物质也没有根本性的不同，也不过是能量"不同形态的显现而已"。这样，又怎么能说精神是第二性的东西呢？它像其他三维物体一样地自在着，并影响我们的生活，为什么单单它是第二性的呢？为什么以一座山、一台机器的形态存在着的能量是第一性的，而以精神形态存在着的能量是第二性的呢？事实是没有任何一种理论和主义是可以离开精神的——包括否定这一看法的理论和主义，我们从来就是在精神和三维物质之中（在多维之中），这即是一种场，而"场才是唯一的实在"。所以我们不必要求文学不要脱离生活，首先它无法脱离，其次它也在创造生活它就是生活的一部分，而且它完全有权创造一种非现实的梦样的生活（谁能否定幻想的价值呢？），它像其他形态的能量一样有自己相对独立的位置，同时它又与其他一切相互联系成为场。一个互相联系的场，一张互相连结的网，哪一点是第一性的呢？

另外，特异功能的那些在三维世界中显得过于奇怪的作为，分明是说它已至少超越了三维世界，而其超越的途径是精神（意念）。由此想到，文学的某种停滞将怎样超越呢？人类的每一个真正的超越，都意味着维的超越。人就是在一步步这样的超越中开拓着世界与自己，而且构成一个永恒的进军与舞蹈。超越一停滞，舞蹈就疲倦，文学就小家子气。爱因斯坦之前，物理学家们声称他们只有在小数点后几位数字上能有所作为了，不免就有点小家子气，直到爱因斯坦以维的超越又给物理学开拓了无比丰富广阔的领域，大家便纷纷涌现，物理学蓬勃至今。文学呢？文学将如何再图超越？我不知道。但我想，以关心人及人的处境为己任的文学，大约可以把描摹常规生活的精力更多的分一些出来，向着神秘的精神进发，再把这以精神为特征的动物放在不断扩大的系统中（场中），来看看他的位置与处境，以便知道我们对这个世界，除了有譬如说法律的人道的态度之外，还应该有什么样的态度。人活着总要不断超越。文学活着总要不断超越。但到底怎样超越？史铁生的智商显得大为不够。

十一 "绿色和平"对文学的启示。

绿色和平组织也叫绿党。它从维护自然界的生态平衡出发，慢慢涉及社会生活的一切领域，发展出一套新的世界观和人生观。它认为以往人们对世界的态度都是父性的或雄性的，是进攻、榨取、掠夺性的，而它主张应对世界取母性的或雌性的态度，即和解的共存的互惠的态度。我想，它一定是在一个更大的系统中看到了人的位置与处境。譬如说，如果我们的视野只限于人群之中，我们就会将"齐家治国平天下"视为最高目的，这样就跳不出人治人、阶级斗争和民族主义之类的圈子去，人所尊崇的就是权力和伦理的清规戒律，人际的强权、争斗以及人性的压抑使人备受其苦。当我们能超越这一视点，如神一样地俯察这整个的人类之时，我们就把系统扩大了一维，我们看到人类整体面对着共同的困境。我们就有了人类意识，就以人道主义、自由平等博爱为崇高的理想了，厌弃了人际的争斗，强权与种种人为的束缚。但这时人们还不够明智，在开发利用自然之时过于狂妄，像以往征服异族那样，雄心勃勃地宣称要征服自然，以致最后成了对自然的榨取和掠夺，殊不知人乃整个自然之网的一部分，部分征服部分则使整体的平衡破坏。自然生态失去平衡使人类也遭殃。当我们清醒了这一点，我们就会在更大的系统中看人与世界的关系了。我们就知道我们必须要像主张人人平等那样主张人与自然万物的平等，我们将像放弃人际的强权与残杀那样放弃对整个自然之网的肆意施虐。由此，我们将在一切领域中鄙视了以往的父性的英雄观，最被推崇的将是合理与共存与互惠，人与万物合为一个优美的舞蹈，人在这样的场中更加自由欢畅。从阶级的人，到民族的人，到人类的人，到自然的场中人，系统一步步扩大。这样的扩大永无止境，所谓"无极即太极"吧，这说明文学无需悲观，上帝为精神预备下了无尽无休的审美之路（并非向着宏观的拓展才是系统的扩大，向着微观的深入也是）。

所以我想，文学也该进入一个更大的系统了，它既然是人学，至少我们应该对"征服""大师""真理"之类的词汇重新定义一下。至少我们在"气吞山河"之际应该意识到我们是自然之子。至少我们在主张和坚持一种主义或流派时，应该明白，文学也有一个生态环境一个场，哪一位或哪一派要充当父性的英雄，排斥众生独尊某术，立一个放之四海而皆准的真理，都会破坏了场，同时使自己特别难堪。局部的真理是多元的，放之四海而皆准的真理（即整体的真理）是承认这种多元——人总不能自圆其说，这是悖论的魔力。

十二 所谓"贵族化"，其实有两种含义，一种是贬义的，一种是褒义的。

一群人，自己的吃穿住行一类的生活问题都已解决，因而以为天下都已温饱，不再关心大众的疾苦乃至社会主义，这当然是极糟糕的。

一群人，肉体的生存已经无忧，于是有余力关心人的精神生活，甚至专事探讨人的终极问题，这没什么错，而且是很需要的。

精神问题确是高于肉体问题，正如人高于其他动物。但探讨精神问题的人如果因此自命高人一等，这当然是极蠢的，说明他还没太懂人类的精神到底是怎样一个问题，这样探讨下去大约也得不出什么好结果。

精神问题或人的终极问题，势必比肉体问题或日常生活问题显得玄奥。对前者的探讨，常不是广大群众所喜闻乐见的，甚至有时显得脱离实际，这很正常，绝不说明这样的探讨者应该下放劳改，或改弦更张迁就某些流行观念。

爱因斯坦和中学物理教师，《孩子王》和《少林寺》，航天飞机和人行横道，脏器移植和感冒冲剂，复杂的爱情与简单的生育，玄奥的哲学与通常的道德规范……有什么必要争论要这个还是要那个呢？都要！不是吗？只是不要用"贵族化"三个字扼杀人的玄思奇想，也不必以此故作不食人间烟火状。有两极的相斥相吸才有场的和谐。

"贵族化"一词是借用，因为过去多半只是贵族才不愁吃穿，才有余暇去关注精神。现在可以考虑，在学术领域中将"贵族化"一词驱逐，让它回到原来的领域中去。

多数中国人的吃穿住行问题尚未解决，也许这是中国人更关心这类问题而较少关心精神生活的原因？但一向重视这类问题的中国人，却为什么一直倒没能解决了这类问题？举个例说，人口太多是其原因之一。但若追根溯源，人口太多很可能是一直较少关心精神生活的后果——这是个过于复杂的话题。

我只是想，不要把"贵族化"作为一个罪名来限制人们对精神生活的关怀，也不要把"平民化"作为较少关怀精神生活的溢美之词。这两个词，不该是学术用词。至少这两个词歧义太多，用时千万小心。我想，文学更当"精神化"吧。

十三　乐观与悲观。

已经说过人的根本困境了。未见这种困境，无视这种困境，不敢面对这种困境——以此来维系的乐观，是傻瓜乐观主义。信奉这种乐观主义的人，终有一天会发现上当受骗，再难傻笑，变成绝望，苦不堪言。

见了这种困境，因而灰溜溜地再也不能振作，除了抱怨与哀叹再无其他作为——这种悲观是傻瓜悲观主义。信奉这种悲观主义的人，真是惨极了，他简直就没一天好日子过。也已经说过了，人可以把困境变为获得欢乐的机会。

人的处境包括所有真切的存在，包括外在的坦途和困境，也包括内在的乐观和悲观，对此稍有不承认态度，很容易就成为傻瓜。所以用悲观还是乐观来评判文学作品的好与坏，是毫无道理的。表现和探讨人的一切处境，一切情感和情绪，是文学的正当作为，这种作为恰恰说明它没有沾染傻瓜主义。当人把一切坦途和困境、乐观和悲观，变作艺术，来观照、来感受、来沉思，人便在审美意义中获得了精神的超越，他不再计较坦途还是困境，乐观还是悲观，他谛听着人的脚步与心声，他只关心这一切美还是不美（这儿的美仍然不是指漂亮，而是指兼有着敬畏的骄傲）。所以，乐观与悲观实在不是评判文学作品的标准，也让它回到它应该在的领域中去吧。

况且，从另一种逻辑角度看，敢于面对一切不正是乐观吗？遮遮掩掩肯定是悲观。这样看来，敢于写悲观的作品倒是乐观，光是叫嚷乐观的人倒是悲观——悖论总来纠缠我们。

1988年

比如摇滚与写作

如今的年轻人不会再像六庄那样,渴慕的仅仅是一件军装,一条米黄色的哔叽裤子。如今的年轻人要的是名牌,比如鞋,得是"耐克""锐步""阿迪达斯"。大人们多半舍不得。家长们把"耐克"一类颠来倒去地看,说:"啥东西,值得这么贵?"他们不懂,春天是不能这样计算的。

我的小外甥没上中学时给什么穿什么,一上中学不行了,在"耐克"专卖店里流连不去。春风初动,我看他快到时候了。那就挑一双吧。他妈说:"拣便宜的啊!"可便宜的都那么暗淡、呆板,小外甥不便表达的意思是:怎么都像死人穿的?他挑了一双色彩最为张扬、造型最奇诡的,这儿一道斜杠,那儿一条曲线,对了,他说"这双我看还行"。大人们说:"这可哪儿好?多闹得慌!"他们又不懂了,春天要的就是这个,要的就是张扬。

大人们其实忘了,春天莫不如此,各位年轻时也是一样。曾经,军装就是名牌。六十年代没有"耐克",但是有"回力"。"回力"鞋,忘了吗?商标是一个张弓搭箭的裸汉;买得起和买不起它的人想必都渴慕过它。我还记得我为能有一双"回力",曾是怎样地费尽心机。有一天母亲给我五块钱,说:"脚上的鞋坏了,买双新的去吧。"我没买,五块钱存起来,把那双破的又穿了好久。好久之后母亲看我脚上的鞋怎么又坏了,"穿鞋呀还是吃鞋呀你?再买一双去吧。"母亲又给我五块钱。两个五块加起来我买回一双"回力"。母亲也觉出这一双与众不同,问:"多少钱?"我不说,只提醒她:"可是上回我没买。"母亲愣一下:"我问的是这回。"我再提醒她:"可这一双能顶两双穿,真的。"母亲瞥我一眼,但比通常的一瞥要延长些。现在我想,当时她心里必也是那句话:这孩子快到时候了。母亲把那双"回力"颠来倒去地看,再不问它的价格。料必母亲是懂得,世上有一种东西,其价值远远超过它的价格。这儿的价值,并不止于"物化劳动",还物化着春天整整一个季节的能量。

能量要释放,呼喊期待着回应,故而春天的张扬务须选取一种形式。这形式你别担心它会没有;没有"耐克"有"回力",没有"回力"还会有别的。比如,没有"摇滚乐"就会有"语录歌",没有"追星族"就会有"红卫兵",没有耕耘就有荒草丛生,没有春风化雨就有了沙尘暴。一个意思。春天按时到来,保证这颗星球不会死去。春风肆意呼啸,鼓动起狂妄的情绪,传扬着甚至是极端的消息,似乎,否则,冬天就不解冻,生命便难以从中苏醒。

你听那"摇滚乐"和"语录歌"都唱的什么?没有什么不同,你要忽略那些歌词直接去听春天的骚动,听它的不可压抑,不可一世,听它的雄心勃勃但还盲目。你看那摇滚歌手和语录歌群,同样的声嘶力竭,什么意思?春光迷乱!春光迷乱但绝不是胡闹,别用鄙薄的目光和嘴角把春天一笔勾销。想想亚当和夏娃走出伊甸园时的惊讶与好奇吧。想想那条魔魔道道的蛇，它的谗言，它的诱惑，在这繁华人世的应验吧。想想春风若非强劲，夏天的暴雨可怎样来临？想想最初的生命之火若非猛烈，如何能走过未来秋风萧瑟的旷野（譬如一头极地的熊，或一匹荒原的狼）？因而想想吧，灵魂一到人间便被囚入有限的躯体，那灵魂原本就是多少梦想的埋藏，那躯体原本就是多少欲望的储备！

因而年轻的歌手没日没夜地叫喊，求救般地呼号。灵魂尚在幼年，而春天，生命力已如洪水般暴涨；那是幼小的灵魂被强大的躯体所胁迫的时节，是简陋的灵魂被豪华的躯体所蒙蔽的时节，是喑哑的灵魂被喧腾的躯体所埋没的时节。

万物生长，到处都是一样，大地披上了盛装。一度枯寂的时空，突然间被赋予了一股巨大的能量，灵魂被压抑得喘不过气来，欲望被刺激得不能安宁。我猜那震耳欲聋的摇滚并不是要你听，而是要你看。灵魂的谛听牵系得深远那要等到秋天，年轻的歌手目不暇接，现在是要你看。看这美丽的有形多么辉煌，看这无形的本能多么不可阻挡，看这天赋的才华是如何表达这一派灿烂春光。年轻的歌手把自己涂抹得标新立异，把自己照耀得光怪陆离，他是在说：看呀——我！

我？可我是谁？

我怎样了？我还将怎样？

我终于又能怎样呢？

先别这样问吧，这是春天的忌讳。虽不过是弱小的灵魂在角落里的暗自呢喃，但在春天，这是一种威胁，甚至侵犯。春天不理睬这样的问题，而秋天还远着呢！秋天尚远，这是春天的佳音，春天的鼓舞，是春风中最为受用的恭维。

所以你看那年轻的歌手吧，在河边，在路旁，在沸反盈天的广场，在烛光寂暗的酒吧，从夜晚一直唱到天明。歌声由惆怅到高亢，由枯疏到丰盈，由孤单而至张狂（但是得真诚）……终至于捶胸顿足，呼天抢地，扯断琴弦，击打麦克风（装出来的不算），熬红了眼睛，眼睛里是火焰，喊哑了喉咙，喉咙里是风暴，用五彩缤纷的羽毛模仿远古，然后用裸露的肉体标明现代（倘是装出来的，春风一眼就能识别），用傲慢然后用匍匐，用嚣叫然后用乞求，甚至用污秽和丑陋以示不甘寂寞，与众不同……直让你认出那是无奈，是一匹牢笼里的困兽（这肯定是装不出来的）！——但，是什么，到底是什么被困在了牢笼？其实春天已有察觉，已经感到：我，和我的孤独。

我，将怎样？

我将投奔何方？

怎样，你才能看见我？我才能走进你？

那无奈，让人不忍袖手一旁。但只有袖手一旁。不过慢慢地听吧，你能听懂，其实是那弱小的灵魂正在成长，在渴望，在寻求，年轻的歌手一直都在呼唤着爱情。从夜晚到天明一直呼唤着的都是：爱情。自古而今一切流传的歌都是这样：呼唤爱情。自古而今的春天莫不如此。被有形的躯体，被无形的本能，被天赋的才华困在牢笼里的，正是那呢喃着的灵魂，呢喃着，但还没有足够的力量。

于是，年轻的恋人四处流浪。

心在流浪。

春天,所有的心都在流浪,不管人在何处。

都在挣扎。

在河边。在桥上。在烦闷的家里,不知所云的字行间。在寂寞的画廊,画框中的故作优雅。阴云中有隐隐的雷声,或太阳里是无依无靠的寂静。在熙熙攘攘的街头,目光最为迷茫的那一个。

空空洞洞的午后。满怀希望的傍晚。在万家灯火之间脚步匆匆,在星光满天之下翘首四顾。目光洒遍所有的车站,看尽中年人漠然的脸——这帮中年人怎都那样儿?走过一盏盏街灯。数过十二个钟点。踩着自己的影子,影子伸长然后缩短,伸长然后缩短……一家家店铺相继打烊。到哪儿去了呀你?你这个混蛋!

(你这个冤家——自古的情歌早都这样唱过。)

细雨迷蒙的小街。细雨迷蒙的窗口。细雨迷蒙中的琴声。

直至深夜。

春风从不入睡。

一个日趋丰满的女孩。一个正在成形的男子。

但力量凶猛，精力旺盛，才华横溢一天二十四小时都是早晨八九点钟的太阳。

跟警察逗闷子。对父母撒谎。给老师提些没有答案的问题。在街上看人打架，公平地为双方数点算分。或混迹于球场，道具齐备，地地道道的"足球流氓"。

也把迷路的儿童送回家，但对那些家长没好气："我叫什么？哥们儿这事可归你管？"或搀起摔倒在路边的老人，背他回家，但对那些儿女也没好气："钱？那就一百万吧，哥们儿我也算发回财。"

不知道中年人怎都那样儿？

不知道中年人是不是都那样儿？

剩下的他们都知道。

一群鸽子，雪白，悠扬。一群男孩和女孩疯疯癫癫五光十色。

鸽子在阳光下的楼群里吟咏，徘徊。男孩和女孩在公路上骑车飞跑。

年年如此，天上地下。

太阳地里的老人闭目养神,男孩和女孩的事他了如指掌——除了不知道还要在这太阳底下坐多久,剩下的他都知道。

一个日趋丰满的女孩,一个正在成形的男子——流浪的歌手,抑或流浪的恋人——在瓢泼大雨里依偎伫立,在漫天大雪中相拥无语。

大雨和大雪中的春风,抑或大雨和大雪中的火焰。

老人躲进屋里。老人坐在窗前。老人看得怦然心动,看得嗒然若失:我们过去多么规矩,现在的年轻人呀!

曾经的禁区,现在已经没有。

但,现在真的没有了吗?

亲吻,依偎,抚慰,阳光下由衷的袒露,月光中油然地嘶喊,一次又一次,呻吟和颤抖,鲁莽与温存,心荡神驰,但终至束手无策……

肉体已无禁区。但禁果也已不在那里。

倘禁果已因自由而失——"我拿什么献给你,我的爱人?"

春风强劲，春风无所不至，但肉体是一条边界——你还能走进哪里，还能走进哪里？肉体是一条边界，因而一次次心荡神驰，一次次束手无策。一次又一次，那一条边界更其昭彰。

无奈的春天，肉体是一条边界，你我是两座囚笼。

倘禁果已被肉体保释——"我拿什么献给你，我的爱人？"

所有的词汇都已苍白。所有的动作都已枯槁。所有的进入，无不进入荒茫。

一个日趋丰满的女孩，一个正在成形的男子，互相近在眼前但是：你在哪儿？

你在哪儿呀——

群山响遍回声。

群山响彻疯狂的摇滚，春风中遍布沙哑的歌喉。

整个春天，直至夏天，都是生命力独享风流的季节。长风沛雨，艳阳明月，那时田野被喜悦铺满，天地间充斥着生的豪情，风里梦里也全是不屈不挠的欲望。那时百花都在交媾，万物都在放纵，蜂飞蝶舞、月移影动也都似浪言浪语。那时候灵魂被置于一旁，就像秋天尚且遥远，思念还未成熟。那时候视觉呈一条直线，无暇旁顾。

不过你要记得，春天的美丽也正在于此。在于纯真和勇敢，在于未通世故。

设若枝桠折断，春天唯努力生长。设若花朵凋残，春天唯含苞再放。设若暴雪狂风，但只要春天来了，天地间总会飘荡起焦渴的呼喊。我还记得一个伤残的青年，是怎样在习俗的忽略中，摇了轮椅去看望他的所爱之人。

也许是勇敢，也许不过是草率，是鲁莽或无暇旁顾，他在一个早春的礼拜日起程。摇着轮椅，走过融雪的残冬，走过翻浆的土路，走过滴水的屋檐，走过一路上正常的眼睛，那时，伤残的春天并未感觉到伤残，只感觉到春天。摇着轮椅，走过解冻的河流，走过湿润的木桥，走过满天摇荡的杨花，走过幢幢喜悦的楼房，那时，伤残的春天并未有什么卑怯，只有春风中正常的渴望。走过喧嚷的街市，走过一声高过一声的叫卖，走过灿烂的尘埃，那时，伤残的春天毫无防备，只是越走越怕那即将到来的见面太过俗常……就这样，他摇着轮椅走进一处安静的宅区——安静的绿柳，安静的桃花，安静的阳光下安静的楼房，以及楼房投下的安静的阴影。

但是台阶！你应该料到但是你忘了，轮椅上不去。

自然就无法敲门。真是莫大的遗憾。

屡屡设想过她开门时的惊喜，一路上也还在设想。

便只好在安静的阳光和安静的阴影里徘徊，等有人来传话。

但是没人。半天都没有一个人来。只有安静的绿柳和安静的桃花。

那就喊她吧。喊吧，只好这样。真是大煞风景，亏待了一路的好心情。

喊声惊动了好几个安静的楼窗。转动的玻璃搅乱了阳光。你们这些幸运的人哪，竟朝夕与她为邻！

她出来了。

可是怎么回事?她脸上没有惊喜,倒像似惊慌:"你怎么来了?"

"啊老天,你家可真难找。"

她明显心神不定:"有什么事吗?"

"什么事?没有哇?"

她频频四顾:"那你……"

"没想到走了这么久……"

她打断你:"跑这么远干吗,以后还是我去看你。"

"咳,这点儿路算什么?"

她把声音压得不能再低:"嘘——今天不行,他们都在家呢。"

不行?什么不行?他们?他们怎么了?噢……是了,就像那台阶一样你应该料到他们!但是忘了。春天给忘了。尤其是伤残,给忘了。

她身后的那个落地窗,里边,窗帷旁,有个紧张的脸,中年人的脸,身体埋在沉垂的窗帷里半隐半现。你一看他,他就埋进窗帷,你不看他,他又探身出现——目光严肃,或是忧虑,甚至警惕。继而又多了几道同样的目光,在玻璃后面晃动。一会儿,窗帷缓缓地合拢,玻璃上只剩下安静的阳光和安静的桃花。

你看出她面有难色。

"哦,我路过这儿,顺便看看你。"

你听出她应接得急切:"那好吧,我送送你。"

"不用了,我摇起轮椅来,很快。"

"你还要去哪儿?"

"不。回家。"

但他没有回家。他沿着一条大路走下去,一直走到傍晚,走到了城市的边缘,听见旷野上的春风更加肆无忌惮。那时候他知道了什么?那个遥远的春天,他懂得了什么?那个伤残的春天,一个伤残的青年终于看见了伤残。

看见了伤残,却摆脱不了春天。春风强劲也是一座牢笼,一副枷锁,一处炼狱,一条命定的路途。

盼望与祈祷。彷徨与等待。以至漫漫长夏,如火如荼。

必要等到秋天。

秋风起时,疯狂的摇滚才能聚敛成爱的语言。

在《我与地坛》里有这样一段话:

> 要是有些事我没说,地坛,你别以为是我忘了,我什么也没忘,但是有些事只适合收藏。不能说,也不能想,却又不能忘。它们不能变成语言,它们无法变成语言,一旦变成语言就不再是它们了。它们是一片朦胧的温馨与寂寥,是一片成熟的希望与绝望,它们的领地只有两处:心与坟墓。比如说邮票,有些是用于寄信的,有些仅仅是为了收藏。

终于一天,有人听懂了这些话,问我:"这里面像似有个爱情故事,干吗不写下去?"

"这就是那个爱情故事的全部。"

在那座废弃的古园里你去听吧,到处都是爱情故事。到那座荒芜的祭坛上你去想吧,把自古而今的爱情故事都放到那儿去,就是这一个爱情故事的全部。

"这个爱情故事,好像是个悲剧?"

"你说的是婚姻,爱情没有悲剧。"

对爱者而言,爱情怎么会是悲剧?对春天而言,秋天是它的悲剧吗?

"结尾是什么?"

"等待。"

"之后呢?"

"没有之后。"

"或者说,等待的结果呢?"

"等待就是结果。"

"那,不是悲剧吗?"

"不,是秋天。"

夏日将尽,阳光悄然走进屋里,所有随它移动的影子都似陷入了回忆。那时在远处,在北方的天边,远得近乎抽象的地方，仔细听，会有些极细微的骚动正仿佛站成一排，拉开一线，嗡嗡嘤嘤跃跃欲试，那就是最初的秋风，是秋风正在起程。

近处的一切都还没有什么变化。人们都还穿着短衫，摇着蒲扇，暑气未消草木也还是一片葱茏。唯昆虫们似有觉察，迫于秋天的临近，低吟高唱不舍昼夜。

在随后的日子里，你继续听，远方的声音逐日地将有所不同：像在跳跃，或是谈笑，舒然坦荡阔步而行，仿佛歧路相遇时的寒暄问候，然后同赴一个约会。秋风，绝非肃杀之气，那是一群成长着的魂灵，成长着，由远而近一路壮大。

秋风的行进不可阻挡，逼迫得太阳也收敛了它的宠溺，于是乎草枯叶败落木萧萧，所有的躯体都随之枯弱了，所有的肉身都遇到了麻烦。强大的本能，天赋的才华，旺盛的精力，张狂的欲望和意志，都不得不放弃了以往的自负，以往的自负顷刻间都有了疑问。心魂从而被凸显出来。

秋天，是写作的季节。

一直到冬天。

呢喃的絮语代替了疯狂的摇滚,流浪的人从哪儿出发又回到了哪儿。

天与地,山和水,以至人的心里,都在秋风凛然的脚步下变得空阔、安闲。

落叶飘零。

或有绵绵秋雨。

成熟的恋人抑或年老的歌手,望断天涯。

望穿秋水。

望穿了那一条肉体的界线。

那时心魂在肉体之外相遇,目光漫漶得遥远。

万物萧疏,满目凋敝。强悍的肉身落满历史的印迹,天赋的才华闻到了死亡的气息,因而灵魂脱颖而出,欲望皈依了梦想。

本能,锤炼成爱的祭典——性,得禀天意。

细雨唏嘘如歌。

落叶曼妙如舞。

衰老的恋人抑或垂死的歌手，随心所欲。

相互摸索，颤抖的双手仿佛核对遗忘的秘语。

相互抚慰，枯槁的身形如同清点丢失的凭据。

这一向你都在哪儿呀——

群山再度响遍回声，春天的呼喊终于有了应答：

我，就是你遗忘的秘语。

你，便是我丢失的凭据。

今夕何年？

生死无忌。

秋天，一直到冬天，都是写作的季节。

一直到死亡。

一直到尘埃埋没了时间，时间封存了往日的波澜。

那时有一个老人走来喧嚣的歌厅，走到沸腾的广场，坐进角落，坐在一个老人应该坐的地方，感动于春风又至，又一代人到了时候。不管他们以什么形式，以什么姿态，以怎样的狂妄与极端，老人都已了如指掌。不管是怎样地嘶喊，怎样地奔突和无奈，老人知道那不是错误。你要春天也去谛听秋风吗？你要少男少女也去看望死亡吗？不，他们刚刚从那儿醒来。上帝要他们涉过忘川，为的是重塑一个四季，重申一条旅程。他们如期而至。他们务必要搅动起春天，以其狂热，以其嚣张，风情万种放浪不羁，而后去经历无数夏天中的一个，经历生命的张扬，本能的怂恿，爱情的折磨，以及才华横溢却因那一条肉体的界线而束手无策！以期在漫长夏天的末尾，能够听见秋风。而这老人，走向他必然的墓地。披一身秋风，走向原野，看稻谷金黄，听熟透的果实砰然落地，闻浩瀚的葵林掀动起浪浪香风。祭拜四季；多少生命已在春天夭折，已在漫漫长夏耗尽才华，或因伤残而熄灭于习见的忽略。祭拜星空；生者和死者都将在那儿汇聚，浩然而成万古消息。写作的季节老人听见：灵魂不死——毫无疑问。

编 后 记

为史铁生编的四本散文小集,名为《去来集》《无病集》《断想集》《有问集》。这四个书名,都来自史铁生,不是我的创造。言顺则名正。细想起来,"去来""无病""断想""有问",似正是他一生(或许是二十一岁以后的一生)的愿与行的概括与表达。

2010年编了一本《我与地坛》。那年的最后一天,新出版的样书和史铁生离去的消息一同到来。作者远行,读者却多了千千万万。作品的力量由此更加勃发,就如同作者的生命无限延续。失与得以这样一种形式相伴,令做书的人悲欣交集。

读史铁生,绝少意识到是在读一个坐轮椅的人。常常想到的是,如果四十年前那场灾难没有降临,他还会成为作家吗？有一句很温暖的话说，上帝关了一扇门，就会打开一扇窗。我想，上帝也许并不关门，可也未必开窗。

诚实、善思，"乃人之首要"，史铁生的根本其实就是这两条。四个字，像四扇通透豁亮的窗户，放阳光进来，让空气流通。打开这样的窗，对谁都不是易事。顺便说，十年前史铁生有以此为题的文章，现在读来，仿佛新作。此文在《有问集》中。

史铁生开始写作的时候，我正在大学读书。他的新作发表之前，常常由我的同学拿到班里来讨论——我的同学也是他的同学，他们一同去陕北插队落户，史铁生二十一岁那年，又是他们把他抬出病房，和他一起摸索不能走路的人生。后来史铁生成为作家，而我，成了他的一个责任编辑——缘分和幸运，往往是有出处的。

杨　柳

2019年3月